ハヤカワ文庫 SF
〈SF2252〉

宇宙英雄ローダン・シリーズ〈603〉

階級闘技

トーマス・ツィーグラー＆クラーク・ダールトン
天沼春樹訳

早川書房
8413

PERRY RHODAN
KUNDSCHAFTER DER KOSMOKRATEN
FLUCHT INS LABYRINTH
by
Thomas Ziegler
Clark Darlton

Translated by
Haruki Amanuma
First published 2019 in Japan by
HAYAKAWA PUBLISHING, INC.
This book is published in Japan by
arrangement with
PABEL-MOEWIG VERLAG KG
through JAPAN UNI AGENCY, INC., TOKYO.

目次

階級闘技

登場人物

アトラン……………………………アルコン人
ジェン・サリク……………………深淵の騎士
カルフェシュ………………………ソルゴル人
ドルル・ドルレンソト……………深淵税関吏
最長老………………………………ゲリオクラートの最高権力者
フルナン2317
カルク978 ……………………ゲリオクラート。イルティピット
チュルチ……………………………深淵の住民
オル・オン・ノゴン………………同。フルダーウォル
ウェレベル…………………………同。メイカテンダー
ジョルストア………………………コスモクラートの使者

深淵の偵察員

トーマス・ツィーグラー

1

コスモクラートの基地、コルトランスの中央にある立方体の金属建造物に入ったアトランは、内部は殺風景《さっぷうけい》な壁にかこまれたエアロック室のようなものと予想していた。だが、驚きのあまり、思わず立ちどまる。

〈外見はときとしてあざむくもの〉と、付帯脳がささやく。〈とくに、コスモクラート技術の産物は〉

アトランは聞こえないそぶりで周囲を熱心に見まわした。外見はふつうの住宅より大きくはなさそうな金属の立方体だが、内部には、王侯貴族の舞踏場はさもあらんという広間があった。はるか向こうの正面の壁で、豪奢なクリスタル・モザイクの壁画がかたちを変えながら動いている。だが数秒後、カラフルな色彩のカオスはアルコン人の顔をつくりだし、そのモザイクの顔が引きつったような笑みを浮かべた。

けていった。

アトランも苦笑いする。すると、モザイクの顔はまたかたちなき色彩の渦のなかに溶

広間の左右には巨大な樹木の植わった鉢がならんでいる。そのダークブルーの樹冠のなか、異星風なクリスマスツリーの装飾を思わせるこぶし大の球体がグリーンに光る。床は白い大理石のタイル。タイルはそれぞれ矩形《くけい》の溝に縁どられ、その隙間から散光がもれでていた。広間のあちこちに、シャンパングラスを思わせる丈の高いエレガントなガラス彫刻が立っている。

その彫刻のあいだを、グリーンの生物が一体、大理石のタイルからタイルへと跳びはねていた。直径が一メートルほどの球状生物で、球体の中央部には、ルビーレッドの人間によく似た目がぐるりとめぐっている。

生物はめったやたらにはねまわりながら、わめきちらしていた。

「……つかまえてやる……いやらしい南京虫め……待っていろ……」

アトランは、跳びはねている生物の声が耳を通して聞こえてくるのではなく、直接頭に響いてくるのに気がついた。

〈テレパスだな〉付帯脳が皮肉をこめて指摘する。〈あの深淵税関吏はテレパスのようだ〉

深淵税関吏だと？　と、アルコン人はききかえす。

〈おろか者！　深淵税関吏にきまっている。この館の管理人とでも思ったか？〉

アトランはため息をついた。付帯脳の声には明らかに挑発的な響きがあったから。わざと足音をたて、大理石のタイルの上を歩く。すると、カルフェシュがアトランの隣りについた。コスモクラートの使者は、はねまわっている税関吏のほうを見やった。人間のものでないその表情に、アトランは落胆の色を読みとる。だが、すぐにその印象は消え去った。そこにあるのはただ、八角形の鱗《うろこ》のような皮膚片におおわれた麦藁《むぎわら》色の楕円形の顔だけだ。ガーゼ状の生体フィルターがある呼吸穴、ビー玉みたいに光るブルーの目、唇のない裂け目のような口。

「いったいぜんたい、あれはなんです？」ジェン・サリクが、跳びはねている球状生物を指さした。いつもすこし顔を赤らめていて、中背で平凡な印象をあたえる男だ。

「ドルル・ドルレンソト。深淵税関吏だ」と、カルフェシュが答える。

「あそこでなにを騒いでいるので？」サリクは困惑したように訊いた。

「狩りだな」と、カルフェシュ。「恒星南京虫を追いかけている。ここ数千年、それが唯一の気晴らしなのだ……深淵とのコンタクトが途絶して以来、もはや訪問者を〝深淵穴〟に案内する必要がなくなったから」

それでやっとアトランも、カラフルに光る球体が大理石タイルの上をあちこちはねまわり、わめきちらす税関吏から逃げまわっているのに気づく。

「逃げられると思うなよ！　きょうは逃れても、あすはきっとつかまえてやる。時間はたっぷりあるんだ……」

税関吏は悪態をつくと、空中に十メートルほどジャンプし、ぴちゃりと音をたてて大理石タイルの上におりた。恒星南京虫の一群は逃げだしたが、税関吏のほうが速かった。二度ほどジャンプしたときには、恒星南京虫たちはかれのグリーンの腹のなかにおさまった。

「ふむ」と、ドルル・ドルレンソトはうなった。「美味だ。なかなかうまい」

アルコン人の頭のなかでメンタル性の咀嚼《そしゃく》音が響いた。思わずぞっとする。

「ドルレンソト！」と、カルフェシュが呼びかけた。「ドルル・ドルレンソト！」

税関吏のならんだ目が、一瞬だけグリーンのまぶたにかくれた。球状のからだがだらりとしぼむと、すぐに膨《ふく》れあがり、再度しぼんで、また膨らんだ。そのたびに、税関吏は半メートルほど跳びあがる。いずれにしても、驚いているしぐさのようだ。

ネズミ大のカラフルな球体たちは、この呵責《かしゃく》なき狩人の突然の混乱を見逃さなかった。あっという間に樹木へと逃げ、密生した青い葉の茂みに姿を消した。

「カルフェシュか！」深淵税関吏のメンタル性の声がアトランの頭に響いてきた。「きみが最後にこのステーションを訪ねたあと、恒星にのみこまれたと思っていたぞ！　だが、生きていたんだな！　がっかりだ！　すべて骨折り損だった」

ドルレンソトはしぼんだり膨らんだりしながら、憎々しげな燃えるような目で三人の訪問者たちをねめつけた。

「きみが餞別《せんべつ》がわりに送りつけてきたプロミネンスは、すこしばかり短すぎたのだ」と、ソルゴル人が応じた。「それに、この宇宙でのわたしの任務もまだ終わっていない。きみに礼儀をつくした見返りに、恒星に落とされるとは予想もしなかったがね。きみがわたしを憎むあまり、理性まで曇らせないといいのだが……」

「憎むだと！」税関吏はふいにぴちゃぴちゃ音をさせながら叫ぶと、こちらにはねてきた。「だれが憎いなどといった？　だれかを憎むとは、重きをおいているということ。きみのことなんか重要視していない」

ドルレンソトは訪問者三人から五、六歩手前で立ちどまり、いきりたっている。奥に引っこんだ赤い目でカルフェシュからアトランとサリクのほうに視線をうつし、ふいに忍び笑いをもらす。

「さらにふたりもおろか者を連れてきたのか、え？」と、カルフェシュのほうを見た。「〝高地〟ではまだ、深淵で死にたがっているおかしな連中がいるとみえる……」そういって目をしばたたき、「とびきり奇妙ななりをした生物だな。精神だけじゃなく、肉体的にも醜く変形している」

アトランは楽しげに笑った。

「これが、われわれのふつうの外見なのだ」と、説明する。「変形など話にならん」

「話にならんだと？　おやおや！」ドルレンソトはぴちゃぴちゃ音をたててはねまわり、腹だたしげにアルコン人をにらみつけた。「わたしはその〝話〟をしたつもりだがな。嘘をついたとでもいうのか？　本気かね？　わたしを嘘つき呼ばわりする者は好かんな。最後にそんなことをいった者は、いまだに恒星で蒸し焼きにされている」

「きみは誤解している……」と、アトランがいうと、税関吏はさらにはげしくあちらこちら跳びまわり、わめきたてた。

「誤解とは、まずあんたがなにかを理解していることが前提だ。理解は理性から生じる。だが、見たところ、あんたは理性というものを持ちあわせていないようだ」

ふいに、むらさき色のこぶし大の光球が、床の隙間のひとつからドルレンソトのほうへ飛んできた。税関吏は舌なめずりして、ジャンプする。もう一度ぴちゃりと音をさせたときには、光球はかれのグリーンの太鼓腹におさまっていた。かれはひと跳びで、もとの場所にもどり、

「恒星南京虫さ」と、説明する。「ぞっとしない害虫だが、味は悪くない。どこにでもいる。恒星の中心からまっすぐやってくるのだ。ほんものの疫病神だよ。わたしはやつらを退治するために、何千年も前に食習慣を変えたんだが、相手も油断ならない。たいらげるそばから、やってくる」そこでまた舌を鳴らし、「もちろん、五次元の産物さ。

それがまた厄介なんだ」

「なるほど」アトランは鷹揚《おうよう》にうなずいてみせたが、不遜な視線が返ってきただけだ。

ドルレンソトは、いま一度ぐるりと回転してから、詰問してきた。

「それで、このおろか者ふたりは、本当に深淵におりていきたいのかね、え？」

「アトランとジェン・サリクだ」と、カルフェシュ。「サリクは深淵の騎士で、アトランは……」

「アトランのことは知ってるよ」と、税関吏はさえぎった。「それに、深淵の騎士については、どんな生半可な税関吏だってひと目でわかる。こっちは生半可なんかじゃなく、目から鼻に抜ける切れ者だ。よけいな説明はいらん」アトランとジェン・サリクに目くばせして、「カルフェシュはもったいつけるからな。きみたちマリオネットもそうだが……」

「もうたくさんだ、ドルル」と、カルフェシュ。「そろそろ、本題に入ろう。わたしは……」

だが、再度、興奮した税関吏にさえぎられた。

「この男、アルマダ炎を持っているぞ」ドルレンソトはたくさんある目のうちの五つでアトランをにらみ、「クランドホルの賢人は、いつからオルドバンのアルマダに属しているのかね？　アルマダ炎は妨げとはならんのか？」

石頭か？」

「もう慣れた」と、アトラン。

「ほほう」ドルレンソトはくぐもった声でいった。「炎は除去されることになるぞ……本気で深淵に行くつもりなら。本気なのかね？　それとも、このマリオネットはただの石頭か？」

「われわれ、深淵とか深淵の地とか呼ばれるこの領域を調査するためにきたのだ」サリクが冷静に言葉をさえぎった。「深淵では、コスモクラートの補助種族が〝トリイクル9〟の代替品をつくろうとしている。全宇宙にはプシオン・フィールドが張りめぐらされていて、われらの宇宙のモラルコードをなすフィールドの二重らせんの一構成要素がトリイクル9だ。だが、その深淵とのコンタクトが長いあいだ途絶している。トリイクル9の代替品構築が成功したとは思えず、交信が途絶したわけもわからない」

サリクはわざとすこし間をあけた。

「アトランとわたしの任務は、ここの状況を分析し、ペリー・ローダンが無限アルマダとともに深淵に到達するときまでに、しかるべき処置をとることだ」

「そうかんたんなことではないぞ！」ドルレンソトが金切り声をあげ、また跳びはねだした。「カルフェシュがそそのかした最後のおろか者はロスター・ロスターとジョルストアだと信じていたが、頭がおかしいことにかけては、きみらのほうが上かもしれんと思えてきたよ」そういって、税関吏はくすくす笑い、舌を鳴らした。「ロスター・ロスターとジョルストアは深淵のありかを探しだすことで満足したが、きみらときたら、あそこを支配しようとしているように見えるがね。どうだ？」

「もしそうしなければならないなら、それもある」サリクはさらりという。

「おやまあ、図星だったかね？」ドルレンソトはまたくすくす笑って、「カルフェシュ、なぜきみが新しい偵察員とここにやってくるまで千年以上も費《つい》やしたか、これではっきりした。おそらく、きみは高地じゅうを探しまわったわけだ。このふたりみたいな誇大妄想の愚者を見つけだすためにな……」

「その高地には、われわれみたいな人間がわんさといるぞ」アトランがソルゴル人にかわっていった。「われわれの大宇宙をきみが〝高地〟と呼んでいるのなら」

「われわれの大宇宙だと」と、深淵税関吏は意地悪げにくりかえした。「その大宇宙とやらを自分のポケットにでも入れてるつもりかね？」

「ちょうど、いまポケットに突っこんだところさ」

ドルレンソトはまた舌打ちして、

「この男にはうんざりだ。恒星南京虫を思いだしてしまう」と、つぶやく。

「きみの食事のことはひとまず口にするな……」と、カルフェシュ。

「わたしが恒星南京虫を主食にしたのは、やむをえない事情からだ」と、税関吏はすごい剣幕でいいかえす。「まともな意味での食べ物ではない。あいつらは実際、ハイパー次元の汚染分子なんだ。深淵穴へのディメセクスタ接続を試運転するたびに生じる。きみが数千年ごとに、永遠に深淵のなかに消えてしまうしかないどこかのおろか者を引っ張ってこなければ、わたしはもうとっくにこの試運転をやめている……だから、南京虫を食うよりほかになにができるというのだ？　あいつらが基地じゅうを汚染するのをほうっておけというのか？　わたしは南京虫狩りに時間を浪費して、自分のメタボリズムまで変えた。あいつらを食うことで、わが種族の宗教的タブーにすくなくとも四つそむいている。そのうえ、きみから耳にすることといえば小言ばっかりだ、カルフェシュ……」

ドルレンソトは不作法にぴちゃぴちゃと舌を鳴らし、からだをすぼめてしわくちゃの卵形にした。こちらにふさぎこんだような目を向ける。

「わたしは最後の深淵税関吏なんだ」と、ドルレンソト。「わたしがいなかったら、きみら命知らずの偵察員は、だれひとり深淵監視者の前を通れないぞ。深淵リフトにだってたどりつけない……スタルセンにはもちろんだがな」

「きみの功績は物質の泉でも知られている」と、カルフェシュが請けあった。「いつの日か報われるはず」

「報われるだと！」と、球状生物はくりかえした。「実際、まったく報われていない。この恒星基地でまるまる数千年を空費して、ハイパー次元の南京虫ばかり追いかけてきた。あまりに退屈だ。わかるかね？」

「あの南京虫とやらはずいぶんカラフルだな」と、アトランが口をはさんだ。「すくなくとも十種類の色調があるようだ」

ドルレンソトは嫌悪に満ちた顔でアトランをにらんだ。

「考えが変わってきたぞ」と、不愉快そうに話しだす。「この男といかれた同伴者がいっしょに深淵におりていき、わたしの目の前から永遠に姿を消すなら、それがみんなのためにいちばんだとな」

「それこそ、わたしが待っていたせりふだよ」と、カルフェシュがため息をつく。「道は通行可能かね？　深淵監視者たちはどのように反応するだろう？」

「通行可能だ」と、税関吏。「つまり……もちろん一方通行だが。深淵におりていけるだけで、上へもどってくる者はいない」そういって笑うと、たくさんある目の一部を使ってアトランとジェン・サリクをにらみつけた。「コスモクラートたちは、安全確保にぬかりがなかった。地下空間のあいだに深淵穴をもうけ、そこに深淵監視者を配置したのだ。監視者たちはポジティヴ思考の者しか通さないから、混沌の勢力の手先は拒絶されて入れない。しかし、その深淵穴が変わってしまった。知っているな、カルフェシュ？　もう以前のようではない……」

「フロストルービンの突然変異のせいだ」ソルゴル人はアトランとサリクに説明した。

「あの突然変異は深淵にもすくなからず爪痕をのこした。深淵監視者とならんでフロストルービンへの侵入を防いでいたオルドバンの監視艦隊が出発したのち、深淵穴は機能異常になったのだ。たしかに、まだ正当な訪問者を受け入れてはいるが……」

「……だれも出てこなくなった」と、ドルレンソトが舌を鳴らしながらいった。「深淵穴は一方通行だ。ただ、だれももどってこないのは、そのせいだけではない。監視者たちのせいもある……」

「監視者たちも同じように変異したにちがいない」と、カルフェシュ。「あるいは大規模なカタストロフィが起きて、全員、深淵穴で死んでしまったとか」

「だが、それは偵察員たちが失踪したことの説明にはならんな」と、アトラン。

〈ブラヴォ、ようやく論理的思考にもどったな!〉と、付帯脳がほめた。

「もしも深淵穴が両方向に機能しているならば、すくなくとも、かれらのだれかがもどってくる可能性はあったはず……このミステリアスな深淵で、どんな危険が訪問者を待ち受けているにしても」

「そのとおり」ドルレンソトはまたもや跳びはねて、「深淵は危険きわまりない場所なのだ! 一万年以上もわたしはそういいつづけてきたが、だれも信じない。ジョルストアに警告したときも、笑いとばされた。それで、どうなったと思う? かれは数千年も前に深淵穴のなかに消えたまま、二度と姿を見せない。アトランにジェン・サリク、きみらも同じことになるぞ。深淵の地は罠だ。一度踏みこんだ者は、生涯ののこりをそこですごすことになる。ふたりとも、生命エネルギー・タンクを持っているようだから、なかば永遠をすごすわけだな、え？」

「生命エネルギー・タンク……？」と、アトラン。

「細胞活性装置のことだ」カルフェシュがいって、いらいらしたように手を振る。「また話がそれたぞ。深淵穴が修復不能なほどのダメージを受けたとしても、第二の出入口があるだろう。創造の山……トリイクル9がかつて固定されていた場所に。時空エンジニアたちがコスモクラートの命を受けて、変異したプシオン・フィールドの代替品をつくっていた場所だ」

ドルレンソトは嘲笑した。

「本当かね？　第二の出入口が、創造の山にか？　だが、なぜだれもそこを使わないんだ？　時空エンジニアのだれひとりとして、任務の進捗《しんちょく》報告をしに高地へ出てこないではないか？　なぜか教えてやろう。もし第二の出入口とやらがあったとしても、同じように封鎖されているからだ。あらためていっておくぞ。深淵は罠なのだ」

「聞いたとおり、任務はけっして安全なものではない」カルフェシュは意に介さず、アトランとサリクにいった。「きみたちの前に、すでにほかの偵察員たちが深淵の地に派遣された。最後のふたりがジョルストアとロスター・ロスターだ。両名からはいっさい音信がなく、下での状況はわからない。時空エンジニアたちがどこまで任務をやりとげたかも、かれらがいまなおその大計画を遂行しているのかもわからない。連絡がとだえてからあまりに長い時間が経過した。いかようにも考えられる。おそらく、不測の事態が生じたのだ。ひょっとしたら、混沌の勢力が深淵に侵入したのかもしれない」

ソルゴル人の突きでた青く光る目を、アトランとサリクは真剣に見つめた。

「きみたちが行くのは未知の世界だ。つまり、死の領域ということ。そこで時空エンジニアたちを見つけ、かれらとともに高地へ……すなわちこちらの宇宙へ、コンタクトをとってもらいたい。トリイクル9の帰還と無限アルマダの到来にそなえるのだ。もし深淵にネガティヴな目的を持つ勢力があれば、その計画を阻止しなければならない。時空エンジニアたちが使命を忘れてしまっていたり、あるいはもはや存在しないならば、そのときは、きみたち自身の力で高地への第二の門を開かなければなるまい。

わたしはなんの助言もできない。本当に役にたつ助言など、だれも持ちあわせてはいないのだ。わたしにできるのは、ただきみたちの幸運と成果を祈ることのみ」

「それだけか、おい？」と、深淵税関吏は舌を鳴らした。「ジョルストアとロスター・ロスターに関してなら、期待できないぞ」

「われわれ、情報が必要だ」と、アトランは跳びはねる怪物のいいぐさは無視してそういった。「深淵の現状についての情報がまったくないとすれば、これまでわかっているデータから一定の推論を引きだすしかない。まったくなんの準備もなしに深淵におりていくよりはましというもの」

「情報はすべてドルレンソトから聞けるだろう」と、カルフェシュがいった。「それが、深淵税関吏としての義務のひとつだから」

「義務というより、むしろ慈悲の問題だな」と、ドルレンソトはぴちゃぴちゃいった。

カルフェシュは聞こえよがしにため息をついた。

「では、両名は任務を受けて、深淵におりていく危険をおかす覚悟はできているわけだな？」

「ですから、ここにいるのです」と、ジェン・サリク。

「覚悟ができているからこそ、われわれ、まずおりていくのだ」と、アトランもいう。

「よろしい」ソルゴル人はうなずいた。「では、きみたちの身は、このドルレンソトにゆだねよう。かれがすべての情報をくれ、深淵穴へと導くはず。その後は、きみたち自身でやりぬくのだ」

「タウレクはわれわれとの再会を信じていないようでしたが」と、サリク。「あなたは、どう思いますか？」

「われわれ、また会える」と、コスモクラートの使者は言下にいった。「ペリー・ローダンならびに無限アルマダが全クロノフォシルを活性化させ、フロストルービンの封印を解いたなら、われわれ、ただちに深淵に向かう。そのときに再会することになる」

「このふたりが生きのこっていればな」深淵税関吏が不吉な予言をしてみせた。球状のからだを膨らませ、空気を詰めこみすぎて破裂しそうなサッカーボールのようになって、ぴちゃぴちゃ舌を鳴らしながら、もよりの大理石タイルのほうへはねていく。

「幸運を」

カルフェシュは真剣な顔でそれだけいうと、踵《きびす》を返し、壁に向かって歩いていった。そこに着く直前、壁に開口部ができた。アトランは鈍く銀色に輝くプラットフォームにちらりと目をやる。転送アーチ二本のあいだで燃えあがるプロミネンスと灼熱のグリーンの恒星とが、一瞬だけ垣間《かいま》見《み》えた。

アルコン人は、防御バリアの向こうで猛《たけ》り狂う殺人的光線と摂氏一千度をこえる灼熱を想像して、わが身も熱くなるような気がした。コスモクラートの基地は、ちょうど奇妙な筏《いかだ》のように、恒星コルトランスの彩層のなかに浮かんでいる。恒星のプロミネンスも核融合の炎も降りそそぐ光線も、防御フィールドを通過できないのではあるが。

開口部はカルフェシュの背後で閉じた。白っぽいグリーンの恒星光も、広間のやわらかな明るさの向こうに姿を消した。

「くるんだ」と、深淵税関吏が声をかける。「カルフェシュがいったように、長い時間がたった。結局、このおろか者ふたりを見つけるのに、かれは数千年も費やしたことになる……」

くすくす笑い、ぴちゃぴちゃ音をさせつつ、ドルレンソトは大理石タイルと矩形の溝を跳びこえていく。アトランとジェン・サリクは意味ありげに視線をかわすと、すぐにそのあとを追って動きだした。

2

地底巨人の虫食い歯のように、なかば崩れ落ちた状態で、旧・深淵学校の敷地にそびえる菱形の建物がある。チュルチは建物の陰にかくれて、近くの廃墟のあいだにいる隷属民たちを観察した。

その数、十二名。

かれらは深淵学校の南地区の住民、バイヤル人だ。細い十二肢を持つ種族で、透明な皮膚の下に臓器が透けて見える。そのうちの二名が、一ピラミッドのてっぺんに這いのぼって、周囲を見張っていた。ほかの者は、クモのような細い足で塵埃《じんあい》のあいだをぎこちなく歩いている。旧・深淵学校の瓦礫《がれき》の下に埋もれたままになっている過去の宝を探そうというのか？　あるいは、べつの任務を帯びているのか？　チュルチは、バイヤル人の居住地区がカルク978に統治されていたのを思いだした。カルク978は〝ゲリオクラート〟であり、スタルセン市民のなかで最高権力を持つ〝最長老〟の一側近だ……

チュルチはいぶかしげに白い毛皮の頭をもたげ、鼻をひくつかせた。風が、古い深淵学校のなじみ深いにおいを運んできた。かびと埃《ほこり》のにおい……さらに、すこし苦くて鼻をつくようなにおい。

チュルチはそのにおいをよく知っていた。

それが物語るのは、死や危険や罠だ。数千年も灰色の塵芥《じんかい》のなかで待ち伏せしている、恐ろしいからくり……

略奪者の背中の純白の毛皮が逆立った。思わず、崩れ落ちた壁の奥へ身をかくす。半透明の金属からなる廃墟が目をくらませ、目立たない暗がりをつくってくれるはずだ。資材や建築様式から判断して、この廃墟は〝孤立〟より前の時代のもの。それが二、三百〝深淵年〟かけて浸食されたのにちがいなかった。朽ちはてた学校とともに、ここも老朽化し、スタルセン中心街の無人地区の列にくわわったのだ。

チュルチは再度、隷属民たちのほうに目をやった。

その熟練した目は、かれらが武器だけではなく技術機器も装備しているのを見逃さなかった。金属探知機、超音波探知機、罠探知機など。それらの装備だけでも、かれらがカルク978のような統治者階級に仕えているのがわかる。

ゲリオクラートとは、第四階級市民として生まれ、国家が市民にあたえられるかぎりのあらゆる特権を享受している幸運な連中だ。つまり食糧や生活必需品、技術機器の供給にくわえ、都市搬送システムが利用でき、市民防御システムによる保護もある。おまけに、長い寿命を持ち……

チュルチは視線を転じ、廃墟のなかで光をはなっている黄金色の立方体のほうに目を向けた。

スタルセンに数百万ある供給機のひとつだ。都市のいたるところにこの四角い箱が立っていて、思考インパルス命令により、すべての必需品を物質化させる。食糧、武器、技術機器など……しかし、それを利用できるのは、より高位の市民だけだった。大多数はチュルチと同じ第一階級市民で、このスタルセン供給機から拒絶される。

チュルチはいまいましげにうなった。考えるだけむだだ！　自分の作業に集中しなければ。

隷属民たちは瓦礫の山をかきまわしつづけていた。律儀《りちぎ》なことに、旧・深淵学校の敷地に踏みこまないよう気をつけている。そこでは何千というピラミッド形建物が、かたむいた指のごとき黄金の高い斜塔に見おろされ、恒星のない天に向かってそびえていた。ときおり、だれかが大声をあげ、手を振って仲間を呼びよせる。だが、チュルチにはわかっていた。見つかったのは、廃墟に埋まっていたつまらないがらくたにすぎない。

チュルチは再度うなった。

ばか者どもめ。学校敷地周辺の無人地区は、すでに根こそぎ略奪されてしまっている。

まだなにか見つけられるとしたら、深淵学校の主要地区だろう。高い塔の周辺だ。

だが、そこでは昔の罠システムが略奪者を待ち受けている。

チュルチはいらだっていた。深淵学校での捜索はいつも時間を食う。用心深い者だけが、罠や防御施設を回避して、ピラミッドのなかに眠っている財宝を見つけられるのだ。チュルチはその準備にもう長い時間を費やしていた。略奪品を手に入れ、次の暗黒の時がはじまる前にロロスケル地区にたどりつきたかったら、急がないとならない。ロロスケル地区を仕切っているゲリオクラートのチズグレン１９３１は、厄介な顧客で、怒りっぽい。

略奪者は不愉快な思考を押しのけた。まずは、こっそりと深淵学校内に忍びこみ、高塔近くにあるピラミッドに入るのがいい。そこで工芸品を見つけだしたら、エネルギー・ビームを浴びせられたり重力ハンマーの一撃をこうむったりしないうちに、この廃墟地区を抜けだすことだ。

なおしばらく待ったが、隷属民たちがすぐには引きあげそうにないと落胆する。おそらく、探知機器や採掘機のエネルギーが切れるまでは、いすわるだろう。

それまで待ってはいられない。

チュルチは物音をたてないように苦労しながら、毛皮でおおわれたたくましいからだをめぐらせ、菱形の建物に沿って小走りに西へと移動する。すぐに隷属民たちの叫び声が近くで響いたので、足を速めた。

足もとで地面がはげしく震動する。廃墟地区を、白い柱のようなチュルチの六本脚が競走馬のような速度で、たくましい体軀《たいく》を運んでいくからだ。ひと足ごとに、背に振り分けたサドルバッグふたつが上下して、巻きあげられた土埃が白い毛皮を灰色に染める。褐色の温和そうな目がある大きな頭部の下の頸からは、八本指の器用な手を持つ腕が二本伸びていた。

チュルチは隷属民たちからかなりの距離をはなれるまで西へ走りつづけ、こんどは南へと方向を変えた。ギャロップから軽快な速足へと歩をゆるめる。

耳をすませ、鼻をひくつかせてにおいを嗅《か》いだ。

なんの気配もない。あるのは、深淵学校特有のかび臭くて苦みのあるにおいと、はるか北の上空で巨大な換気扇がスタルセンの空気を巻きあげているかのように、大気の渦がとどろく音だけ。

あらためて天をあおぐ。

一様な光を投げかけるグレイの雲が隙間なくおおっていた。略奪者は、恒星がないことをすこしも不思議に思わない。そもそも恒星がなんたるかも知らなかった。

深淵には恒星というものがない。

ただ雲におおわれた空と、そこから一年じゅう降りそそいでいる光があるだけ。それはやがて、五時間の〝暗黒の時〟にとってかわる。

暗黒の時のことを考えると、チュルチはぞっとした。

思わず足を速める。六本脚と白い毛皮を持つこの孤独な生物は、なにも知らない者から見たら、袋も器用な手も持ちあわせない野獣としか思われないかもしれない。

略奪者は旧・深淵学校の敷地周辺にすばやく到達した。前方はるかにはピラミッド群がひろがっている。色は塵芥と同じグレイで、その多くは明らかに崩壊しているとわかる。このグレイの荒野のまんなかに、高塔が黄金色に輝いていた。

孤立以前の神話的時代においては、高塔は高地からの訪問者たちを運ぶ深淵リフトの終点であったのだろう。だが、チュルチはそもそも高地の存在を疑っていた。おそらく、伝説にすぎないだろう……スタルセンをかこむ〝都市外壁〟の向こうにあるといわれる楽園と同じく。深淵の地のはてしないかなたに、すべての生物が自由でいられて、ゲリオクラートや友愛団による苛酷な支配から解放される土地があるというのだ。かれらは第一階級市民を保護すると口ではいうが、実際にはそれは、かたちを変えた抑圧にすぎなかった。

チュルチは、じっと動かないまま、しなやかな腕を背後にまわして右側のサドルバッグに手を伸ばし、そこから紡錘形の機器をとりだした。チュルチが見つけだすまで、深淵学校の塵埃のなかに長いあいだ眠っていたものだが、まだ機能する。

それは驚くべき長所を持っていた。スタルセン供給機によって手に入れた武器や技術機器と違って、一定の時間が過ぎても消えてなくならないのだ。

チュルチはその紡錘を手の上で何度もまわし、強くにぎりしめた。くすんだ黒い色が明るみ、濃いグリーンの光が浮かびでてきて、手のなかで消えた。略奪者は、この装置がどう機能するのかも、どのようなエネルギー源を使用しているのかも知らなかったが、何度かためしてみて、罠システムの働いているそばではグリーンの発光が赤く変色するのを発見していた。

しばらく待った。

なにも危険はない。この地区はクリアだ。

それでも油断なく警戒しながら、視界のきかない地区を横切り、深淵学校の本来の敷地に入りこむ。

瓦礫の山や崩れた壁の背後にかくれつつ、略奪者は身をかがめ、ピラミッドの暗い入口へすべりこんだ。その場にじっと立って周囲をうかがうと、かくされた防御システムを罠探知機で探りながら、ギャロップで廃墟地区へと走りこんでいった。

ときおり、かくれ場をもとめてもぐりこんだピラミッドで、過去の遺物を見つけた。たとえば、手足を硬直させて壁にもたれているロボット。だれか親切な者がエネルギータンクを満たしてくれるのを待って、深淵学校の地下ドームに引きずりこもうとしているようだ。そのほか、床に転がっている人工宝石もあった。うっかりさわろうものなら、経皮毒によって死にいたる。鋼ガラスでできた継ぎ目のない楕円体も半ダース見つけた。のぞきこむと、幻のような映像がほのかに輝いている。またときには、ほかの略奪者たちが見逃したらしい、金属や多目的素材でできたコンテナにも遭遇した。これは次の捜索のときのためにかくしておく。そのほかは、ほとんどが瓦礫とスクラップと塵埃のたぐいや、用途の知れない機械の残骸だった。

ここはまだ廃墟の周辺部にすぎない。このあたりは、代々の略奪者たちがすっかりあさりつくしていて、まだなにか見つけられたら、まさに幸運というべきもの。

チュルチは赤黒い尖ったピラミッドのほうへ引きかえした。そこでしばらく息をつき、片手いっぱいにつかんだ食糧キューブをほおばる。それがすむと、ちょうどいいかくれ場を熱心に探しまわった。そして、とある地下室で、その肖像画に出くわしたのだ。

あせて大きくはない。楕円形の額縁はダチョウの卵ほど。額縁におさめられた絵は色あせているようだ。しかし、チュルチが近づくと、ぼんやりした灰色の像が明るくなり、ヒューマノイドらしい顔があらわれた。

チュルチはぎょっとしてあとずさりした。最初、無慈悲な〝鋼の支配者〟の顔のように見えたのだ。その男は深淵年で五年前、町のあらゆるスタルセン供給機のうえに姿を投影していた。無言で、よそよそしく、威嚇《いかく》的だった。いまはスタルセンの郊外に住み、そこから鋼の兵士たちを市民の居住区に送りこんできて、逃げ遅れた者すべてを自分の領地へと連れ去っている。

だが、その顔は鋼の支配者のものではなかった。

ヒューマノイドではあるが……卵形の頭には髪がなく、額に四つの目を持ち、尖った顎の上にまるい口がひとつあった。あの不気味な鋼の支配者とは明らかに違う。チュルチは最初の恐怖が去ると、思わず笑いだしてしまった。

地下室の天井に笑い声がうつろに反響する。

それがかくれたメカニズムを作動させたらしい。肖像画の口が突然に動きだし、額縁から理解可能な声が響いてきたからだ。

「……ヴァジェンダでの奉仕は自由意志による。そこはすべてが流れる場所。奉仕者もそこへ流れこみ、流れの一部となるだろう。なにもあたえず、なにも失わずに、勝利するのだ。すべてがひとつとなる。わたしはヴァジェンダへ行き、その生命の流れにわが身をゆだねることにした。愛するモジョニウよ、きみがこの知らせを聞いたときには、わたしはすでにスタルセンをはなれ、ヴァジェンダにいるだろう」肖像画はそこで独特な笑みを見せ、「そのあと、光の地平に入れることを望む。そして、きみがクラウセン・ウランからすぐに追ってきてくれることを願う。すべきことはたくさんあるし、われわれの仕事はきわめて重要なのだ。呼びかけにしたがうのをためらってはいけない。このすばらしい世界へおりてくるのだ。急いでくれ！　門になにか非常事態が生じたと噂されている。通路がときおりブロックされるし、メッセージの一部が高地に到着しないらしい……」

きしみ音がして、そのヒューマノイドの顔がこわばったかと思うと、絵はふたたび灰色におおわれてしまった。

チュルチは考えこみながら、暗くなった楕円を眺めた。映像記録装置だな、と、考える。しかし、どれくらい古いものか？　映像は高地のことを、神話ではなく、まるで現実のように語っていた……門のことや、ブロックされた通路のことも。この肖像画が、孤立よりも前の時代のものという可能性はあるだろうか？　スタルセンが繁栄をきわめていた黄金時代……生命にあふれ、外界からの来訪者や異言語や未知の香りであふれていたころのものではないのか……？

ほんのすこしのあいだ、チュルチは、深淵学校の太古の姿が目前に見えるような気がした。ぴかぴかに輝いていて、建物のあいだのきらびやかな通りにもピラミッドにも、いずれもエキゾティックな外見をした、数えきれないほどの生物たちがいただろう。深淵での生活を知るためと、不滅の深淵の地に移住するためにやってきた者たちだ。

チュルチはうめきながら、その白日夢を振りはらった。あまりに長く深淵学校の地区にとどまっていると、スタルセン都市部での生死の問題を忘れてしまう。階級支配の胸苦しさや、仲の悪い多種多様な種族が住みついている地区でしばしば荒れ狂う争いのことも。おのれの出自も目的も忘れてしまい、注意散漫になり、致命的状況におちいってようやく、現実を思いだすのだ。

チュルチは踵を返し、地下室を出た。あの肖像画をためらいもなくわがものとする。まちがいなく不良品だし、買い手がつくかどうかは疑わしいが。身分の高い統治者階級は、孤立の時代以前の骨董品にはほとんど興味をしめさない。なぜか？　たぶん、かつてスタルセン市民のだれもが同じ地位を持つ時代があったことを思いださせるからだろう。

チュルチは建物から出て、歩を速め、ラベンダー色のクリスタルでできた塔のような建物群がある開けた土地の方角へ向かった。

が、本能がかれに警告した。

一瞬のあいだに横道にそれ、力強い後肢で埃っぽい地面を蹴ってジャンプする。背後でむらさき色の火花が飛びちった。いましがた立ちどまっていた場所に、深くて長いクレーターが口を開けていた。

チュルチはさらにジャンプしてから、直角に折れ、崩れて台座しかのこっていないピラミッドの廃墟までそのままギャロップしていく。

さらにうなりをあげて閃光がほとばしった。今回は、チュルチの前方数メートルのとところに命中。略奪者はむらさき色の爆発の衝撃波を食らい、もんどりうって転がり、崩れた壁にはげしくたたきつけられた。壁の裂け目からクリスタル草が生え、砕けた石くれの上に金属のような羽を光らせた昆虫がとまっている。チュルチは麻痺したように地面に転がった。

また撃たれたら、それで一巻の終わりだ。が、なにも聞こえない。

うめきながら、頭をもたげる。

目の前の廃墟はしずかで、近くに影はない。まだ煙をあげているクレーターがふたつ、すんでのところで古代の罠システムの餌食《えじき》になりかけたことをしめしていた。

閃光放射機だ、と、チュルチは考えた。むらさき色の閃光だから、当然だ。だが、これまであれほど遠方の北側から攻撃されたことはなかった。それとも、思いのほか高塔に近づきすぎていたのか。

ゆっくりと手足を動かし、安堵の息をつく。どこにもけがはない。右の脇腹の毛皮に焦《こ》げ痕がのこっただけで、かすり傷ひとつ受けなかった。

おのれの軽率さに悪態をつきながら、略奪者はずっと手に持ったままの罠探知機をふたたびまわす。グリーンの表示が、すぐに深紅に変わった。その深紅の光点から細い光の筋がすばやく動く……百メートルほどはなれた地点の、黒と青がまじった廃材の山へと。

チュルチはふたたび悪態をついた。あそこで白日夢にひたったりせず、もっと周囲をよく見ていたなら、閃光放射機に気づかないはずはなかっただろうに。深淵学校敷地の中心部にはこの放射機が多数あって、命が惜しい略奪者なら、だれもが避けて通る。鍛えぬかれた直感が救いとなった。それに、こんどは運も味方した。第二の爆発が、かれを閃光放射機の作用ゾーンからほうりだしたのだ。

チュルチは立ちあがり、速足で進みはじめた。入り組んだピラミッド群のなかの廃材の山もごみの山も、すぐに見えなくなる。あらためて、罠探知機の表示に注意をはらい、それから数時間のあいだも二度ほどそれに助けられた。罠のひとつは噂で聞いたことがあった。機械じかけの鳥を制御する、長さ二十メートルの銀色の棒だ。鳥たちはちいさいが敏捷《びんしょう》で、まるい嘴《くちばし》から銃弾をはなつのだ。それがぶつかると爆発が起こる。

チュルチはその物騒な棒を大きく迂回した。すぐに、灰褐色のピラミッドの台座四つにかこまれた広場に出る。罠探知機がまた警告を発した。地面が磨かれたようにぴかぴかなことをのぞけば、広場は無害に見えるが……チュルチはこの場所の秘密を探る気にもなれなかった。

高塔はもうすぐそこだ。ななめになって黄金色に輝きながら、天までとどくかのようにそびえている。それぞれの階層が柱で輪のようにぐるりとかこまれ、高さ五百メートル、基部は八十メートル。その足もとでは廃墟などちっぽけで、みすぼらしく見える。
チュルチは顔をあげて、塔の上方のぶあつい雲を凝視した。かつては、はるかかなたの高地から深淵リフトがおりてきて、あらたな訪問者たちがスタルセンにくると、そこの空が燃えあがったという。チュルチはにわかに胸を高鳴らせた。いつか、あの高塔に入っててっぺんにのぼってみたい。そのときこそ、中心街の住民たちが話していることがおとぎ話なのか、そうでないのかがわかるはず。すなわち、高塔のてっぺんから呼び声が聞こえると、リフトがおりてくるというのだ。そこで待っていた者が声にしたがうと、その者は高地へと運ばれていくのだという。

だが、もちろんチュルチが高塔に踏みこむことはないだろう。それは、まさに自殺行為であったから。あまりに多くの略奪者たちが、かくされているはずの財宝をもとめて塔のなかに侵入したが、だれひとりとしてあの黄金の大建造物からもどってこなかったのだ。だめだ、と、チュルチは考えた。あの塔は避けたほうがいい。太古の自動防御装置がいまも働いて、侵入者がくるのを待っているのだから。深淵学校地区の中心には、まだ充分に獲物がある。だから、自分は……

チュルチはふいに衝撃にみまわれ、足からくずおれた。息荒く、土埃の上でもんどりうち、やっと立ちあがる。

罠だ！　と、ひらめく。だが、なぜだ？　罠探知機は……

さらにまた、より強力な一撃を右の脇腹に食らう。まるで巨大な破城槌にやられたようだ。チュルチはのたうちまわり、悲鳴をあげた。はげしい痛みで、わけがわからなくなり、息が詰まった。なかば意識を失いながら、痛みにうめき、反射的に前肢を地面に突っ張って踏みとどまり、絶望的ジャンプを試みる。

自分でもその跳躍力に驚く。

十数メートル先に涸《か》れた噴水があった。その埃のなかに跳びこんで体勢をたてなおすと、すぐさまギャロップで駆けだしていく。

かれの前に、炎の壁が立ちあがった。高さ十メートル、幅二十メートルの火柱が襲いかかる。

チュルチは横ざまにそれをかわし、よろめきながら、最後の瞬間にバランスを取りもどし、そこからべつの方向にジャンプした。

三度めの衝撃が浴びせられた。

前の二回よりさらに強力だ。目に見えない巨大な鋼のハンマーが、走っていくチュルチを地面にたたきつける。周囲に炎の柱があがり、だれかの笑い声がした。声の主は、直接チュルチの頭のなかに笑いかけてくる。

衝撃に打ち倒されて、身動きもならず横たわる。目の前でぐるぐるまわっている影のなかから、三名の生物が出てくるのが見えた。廃墟のなかにかくれていたのだ。

三名は地面にとどきそうな純白のケープをまとっている。武器は手にしていないが、かれら自身が武器であるのがチュルチにはわかった。一名は思念で炎を燃えあがらせ、もう一名は思考をこぶしの打撃に変え、最後は頭のなかに話しかけてくる。

パイロキネス、テレキネス、テレパスということ。

なぜ罠探知機が警告してこなかったのか、チュルチはようやく理解する。攻撃してきたのは深淵学校の防御システムではなく、超能力を持つこの三市民だったのだ。プシオニカーの友愛団からきた三人組ということ。

そこで、意識が遠のいた。

3

深淵税関吏は、フォーム・エネルギーでできた球状通廊の迷路を通ってふたりを導いた。ぴちゃぴちゃと音をたて、くすくす笑いながら、ゴムボールのように跳びはね、エネルギー通廊に群がる恒星南京虫を追いかけている。

迷路の中心にある暗い部屋にたどりつくまでに、アトランは数時間もたったような気がした。しかし、さっきの広間を出発してから三分以上は経過していないと、論理セクターが冷静に訂正する。

暗い部屋は、外から見ると庭によくある東屋ほどの大きさもないが、内部は大きなホールだった。そのひろさときたら、はかりしれないほど。グリーンのクリスタルでできた、棺に似た容器がはてしなくならんでいる。

ドルル・ドルレンソトがくすくす笑った。

「また墓石がふたつばかり増えるんじゃないか、え?」と、あざける。「大宇宙の大ばか野郎ふたり、ここに眠る……この墓碑銘はどうかね?」

「すこしばかり地味なようだな」アトランがつぶやき、クリスタルの棺を眺めた。何千基もぎっしりと列をなし、遠くのほうは薄暗がりにのみこまれている。その数は、かつてどれほどの訪問者がコルトランスをこえて深淵に流れこんだかを、まぎれもなくしめしていた。

「これよりちいさな経由ホールはない」アトランの思考を読んだかのようにドルレンソトが注釈を入れた。「ここが基地内でいちばんちいさいのだ」

またくすくす笑う。

「これからどうすれば？」と、ジェン・サリクがたずねた。

「服を脱いでくれ。深淵穴に入るときに新しいのがもらえるから」税関吏は跳躍筋を縮めて、ひと跳びでクリスタル棺二基のそばに着地した。そこでなにをするつもりかと、アトランはいぶかったが、すぐにそのふたつの容器が光りだした。ドルレンソトが、

「なんだね？　なにをためらっている？　予想と違ったかね？」と、ぴちゃぴちゃ音をさせる。

アトランとジェン・サリクは無言で服を脱いだ。税関吏はふたりにクリスタル容器のなかに自分で入るように指示すると、すぐにどこかへはねていってしまった。

「深淵穴のなかで、また会おう」と、テレパシーでいってくる。「こっちはディメセクスタ・トンネルを調整して、あとから行くよ」

アトランは棺に横たわり、グリーンの光につつまれた。時間の経過とともに緊張が高まり、なんとか興奮をおさえようとする。

〈一万三千年も生きてきて、やはりまだ緊張するのか?〉と、付帯脳が訊いてくる。

期待に胸が躍っているだけだ、と、アトランは思考した。

〈そのとおり。わかっていたさ。結局、わたしとおまえはひとつなのだから〉

いつものように、アトランは右腕を曲げて、クロノグラフに視線を落とした。しかし、多目的アームバンドを衣服といっしょにはずしたことに気がつく。

NGZ四二七年十月三日だ、と、論理セクターが伝えてきた。

グリーンの炎が燃えあがり、まばゆいオーラでつつまれると、アトランは軽い電気ショックのようなものを感じた。自分が分解していくのを、驚きながら自覚する。

まず両足の感覚がなくなり、次に両脚、やがて下半身から胸まで麻痺してきた。分解プロセスは両手、両腕、頸にのぼり、やがて顎と口と目、ついに頭蓋にまで達する。目も見えず、耳も聞こえず、口もきけず、肉体はもはや存在しなくなったが、意識だけはそこなわれない。アトランは感覚器官によって結ばれた物質界から引きはなされ、真っ暗な虚無のなかを漂った。意識がゆっくりとひろがっていく。

肉体にしばりつけられていた制約から解きはなたれ、思念があらゆる方向へと伸びて、やがて虚無に満たされていった。

自分の意識がどれほどひろがったかも、どれだけ長くこの場にいたのかも、わからない。というのも、ディメセクスタ・トンネルの非物質的次元では、慣れ親しんだ意味での空間も時間も存在しないからだ。目がなくとも見ることはできたが、それはこれまでよりはるかにひろがった視覚とでもいうべきもの。

アトランは複雑な三次元のネットにつつまれた広大な空間を見ていた。ネットの結び目にあるのは恒星や惑星だ。ネットを構成する多数の物理作用は、アトランの意識感覚にとってはもはや抽象的概念ではなく、具体的につかむことができるものとなっていた。

宇宙の何億もの恒星群がつくる重力フィールドのひずみは、巨大な風船を膨らませたところにつくったくぼみに見える。重力のひずみのまわりでは空間構造が波打っていた。円形の波がどんどん大きく薄くなり、最後にははてしない宇宙空間へとひろがっていく。幾重にもからまった電磁放射を、アトランは白っぽい糸の塊りとして眺めた。それは粒子加速器のなかで荷電粒子が描く光跡のように、救いようもなくもつれ、ぼやけている。かれにとって銀河は、これらの作用が織りなす閉じたシステムであり、作動しながら変化していく、想像できないほど複雑な機械装置のようでもあった。かれは因果関係の原理を、すべてをつらぬいて大宇宙を満たす光として見ていた。

すぐに意識がはっきりして、アトランは悟る。この宇宙がはてしなく無限のように見えても、さらに広大で永劫につづく全体のほんのちいさな一部にすぎないのだと。

五次元・六次元空間の異質さが明らかになると、アトランは、原子と諸惑星との違いが数学的なシンボルにまで縮小されること、遠近や、きのうときょうといった概念はもはや理論的に存在しないことに気づかされた。あらゆる物質の核には、時間という消せない火が燃えている。その火が無時間の冷たさを追いはらい、すべてのものが凝固したり収縮したりするのを妨げ、持続という次元を奪われたかれが痕跡もなく消滅するのを防いでいるのだ。

また、視界が変化した。

漆黒の宇宙が目の前にひろがっている。その闇のなかに燃えさかる恒星と銀河があった。銀河間の虚無空間……物質も、放射も、物理的影響もない空間……をつらぬいて、かすかに輝く一本の糸が張られていた。その糸が太くなり、数十億光年もの長さを持つトンネルになる。

トンネルのなかをひとつの物体が移動していた。棺のかたちをしたグリーンのクリスタル容器。その内部にひとりの男が横たわっている。

アトランはそれがだれか知っていた。自分自身だ。

クリスタル棺は光速の数十億倍で六次元トンネルのなかを突き進んでいた。そのトンネルは、二、三百万光年先にある渦状星雲の辺境にまで接し、そこから上方向へと伸びて、最後は恒星間空間に消えている。

トンネルの終着点にいったいなにがあるのかと、アトランは自問した。ぴちゃぴちゃと舌を鳴らすような声がそれに答える。

「深淵穴だよ、アルコン人。深淵への門だ」

宇宙が、銀河が、星々が色あせていく。グレイの虚無がひろがった。

「深淵のことを話してやろう」ドルル・ドルレンソトが言葉をついだ。「深淵の地について、きみらが知っておかなければならないことがある。監視者のこと、時空エンジニアのこと、スタルセンと深淵学校のことだ。よく聞け、アトランとジェン・サリクよ」

＊

ドルレンソトによれば、深淵が本来の意味における場所でなくなったのは、そう昔のことではないという。深淵とは、この宇宙を多元宇宙のべつの時空連続体と分かつn次元の層にほかならない。それはアトランとサリクがみずからの経験から知るとおり、薄くデリケートなものだ。

アトランはドルーフ平面のことを思いだした。それはふつうの七万二千倍もゆっくり時間が流れる宇宙で、これまでに二度、テラの時空連続体に衝突した。いずれの場合も、時間平面が接触する空間に時間前線が生じ、すべての惑星の生物が絶滅したもの。その最初の衝突で、アトランティスは滅びたのだ。アトランティス……意識下から記憶がよみがえる。はるか昔に生きていて、自分と行動をともにした人々の記憶が……

〈たわけ！〉たちまち付帯脳のきびしいメンタル声でわれにかえる。〈思い出にふけっているときではないぞ！〉

アトランは深い時間の底で垣間見た記憶を押しのけた。付帯脳のいうとおりだ。思い出の洪水から身を守らねば、たちまちのみこまれてしまう。過去と似たような状況に出会うたび、のべつ忘我の状態におちいることになろう。

〈深淵税関吏はドルーフについて知っている〉と、付帯脳の論理セクターがつけくわえた。〈おまえがかつてクランドホルの賢人だったことも。つまり、ドルレンソトは消息通ということ。コスモクラートのヒエラルキーのなかでも重要な役目を負っているようだ。かれのエキセントリックな態度に惑わされるな！〉

アトランは反論しない。付帯脳の論理セクターはアトランと同様、ものごとをよく知っていて、知的生物を、その外見やほかの表面的見地から判断することはないから。

アトランは薄闇のなかを漂い、耳をそばだてる。すると、再度、虚無のなかからドルレンソトの声が迫ってきた。

「この宇宙を隙間なくとりかこむn次元境界層を〝深淵〟と呼ぶのだ。なぜなら、宇宙のどんなポイントから見ても〝下〟に位置するから。深淵は異宇宙どうしの接触を防ぐ役割のほかに、さらにべつの機能を持っている。その内部に、プシオン・フィールドの二重らせんが根をおろしているのだ。プシオン・フィールドのなかにはモラルコードの各構成要素がふくまれる。この構成要素のひとつがトリイクル9という名のプシオン・フィールド、つまりフロストルービンだ。

トリイクル9のわずかな一部は、ハイパー次元襞《ひだ》のかたちでこの宇宙に突きだしていた。巨大銀河ベハイニーンから二百八十万光年も隔たったポジションで、オルドバンの監視艦隊からも見つけることはできなかった。トリイクル9が自然発生的変異によって〝土台〟からはなれ、プシオン・フィールドが消失するまではな」

アトランはそこで緊張をゆるめた。これらの事実はすでに知っている。

「オルドバンが消失したプシオン・フィールドを、監視艦隊……のちの無限アルマダとともに捜索するうちに、コスモクラートは自分たちの地位があやうくなったと痛感しはじめた」ドルレンソトは話しつづけた。「オルドバンによる捜索がいつか成功をおさめる可能性は期待されたが、モラルコードに欠損が生じたことは混沌の勢力を勢いづかせるだけでなく、近くにあるプシオン・フィールドをも危険にさらしてしまう。自然発生的変異がくりかえされれば、おそらくドミノ倒しのようなプロセスが起こり、収拾がつかなくなるだろう。時が過ぎるほどに、その恐れは強くなっていった。

この理由から、コスモクラートたちは、超越知性体への進化を目前にした一種族に、トリイクル9の代用品を構築する任務をあたえた。自然発生的変異にそなえて、プシオン・フィールドの完璧なコピイをつくろうとしたのだ。その種族は、科学的・技術的な面で非の打ちどころがないほど進化していた。恒星間にある原物質とハイパー空間にある無限のエネルギーから、銀河系全体を構築できるほど。つまり、時空構造を変化させ、一定の枠内で自然法則を操作することができるのだ。ブラックホールの秘密も知っているし、真に無限かつ永遠である多元宇宙の概念をも理解していた。

かれらは時空エンジニアという名で知られる。まさしくその名にふさわしい種族だ。コスモクラートの命を受けて、まず時空エンジニアたちは深淵穴を構築し、それを銀河間の虚無空間に配置した。そこは、トリイクル9のハイパー次元襞が深淵と高地を……つまり、きみらの宇宙を……つないでいたポジションだ。こうして、深淵穴が深淵への入口となった……」

そこで一瞬、ドルレンソトが黙る。すると、グレイの薄暗がりから、ものすごく巨大なすり鉢のような物体があらわれた。比較することこそできないが、アトランにはわかった。深淵穴だ。直径が一万二千キロメートルで、このすり鉢の底から六千キロメートル上方が人工世界の最縁部になる。グレイの深淵穴は、いちばん近い恒星から数百万光年はなれ、宇宙の黒い海のなかに漂っている。ドルレンソトは言葉をついだ。

「深淵穴がその位置を定め、深淵への接続が安定化すると、すぐに時空エンジニアたちは次の段階に進んだ。かれらは深淵にあらたな世界を建設し、そこを〝深淵の地〟と名づけた。時空エンジニア自身は自然法則にしたがったままだったが、深淵の地は、この次元における法則に適合したものでなければならない。さらに、かれらの任務の重要性から考えて、それにふさわしい大きさでなくてはならなかった……」

目に見えない力がアトランの意識を深淵穴へと引きよせた。かれの目前にグレイの存在がせりあがって、すべてをつつみこみ、いやおうなしに、いまここにある明るさを消滅させる。目眩《めまい》がするほどの高さから、アトランはすり鉢状の世界を見おろしていた。その周辺部にはまだ視界がとどかず、地と空との境界がぼんやりまじりあっている。深淵の地の大きさは見とおせない。だが、やがてすこしずつ、実際のひろさのイメージがつかめてきた。

山脈と海とがはてしない灰褐色の地平から姿をあらわしてくる。大洋はテラほどの惑星を苦もなくのみこんでしまえるほど。連なる山脈は、一万あるいは十万キロメートルにもわたるようだ。それでも、深淵の地の広大さに比すれば、とるにたりない。

この世のいかなる尺度をも超える人工世界に、アトランは畏敬の念を禁じえなかった。ゆうに一星系全体ほどのスケールがある。光でさえ、この地の上では、ゆっくりと移動する旅人のようだ。アルコン人は、次々にうつりかわる地形に魅了されて追っていく。河川や湖や砂漠、森林地帯やサバンナ、極地方や熱帯地方……それらが完璧に閉じた生態系をつくりだしていた。

「時空エンジニアたちは、環境の諸条件の無尽蔵の多様さに気を配った」ドルル・ドルレンソトがさらに話しだす。「なぜなら、プシオン・フィールド再構築のためには、卓越した種族の力が広範に必要なことがわかっていたから。たくさんの協力者が不可欠だったのだ。この深淵をあらたな故郷とする、何百万、何十億ものきわめて多様な能力を持った生物を集めることになった。

こうした訪問者たちを受け入れ、すべての種族をここでの生活になじませ、再教育をほどこし、その才能に応じてかれらを深淵の地のほかの領域に配置するために、時空エンジニアたちは、深淵穴の直下に受け入れ・再教育センターを設置した。それが〝深淵学校〟だ……」

またもや、見えざる手が猛烈な速度でアトランを広大な円盤状世界へ運んでいく。やがて、眼下に黄金の塔が見えはじめた。無数のピラミッド形建物群が密集している中心にある。深淵学校はテラニア・シティとほぼ同じ規模のようだ。そのピラミッド都市からさらにべつの建物群がつづく。窓のない陰気な家屋に、細いクリスタルの構造物。簡素な兵舎のわきにはガラスの豪邸。珊瑚礁《さんごしょう》のように光る建築物や、細い柱でできた小屋。高層ビル、塔、ドーム、五角形の建物、段状に積みあがった鋼材。そして、羊皮紙よりも薄い素材からできているような、輝きながら揺れる大きいテントの群れ……想像しうるかぎりの建築様式がある。同じような形状の建築物が集まって区画され、各地区は緑地帯で区切られており、それぞれが幅のひろいりっぱな道路で結ばれていた。

ピラミッド群を中心とするこの幻想的な都市は、テラのオーストラリアのような大陸の上に数千キロメートルものびたのち、ふいに壁によって終わっている。

「スタルセンだ」と、ドルレンソトがいった。「深淵学校の周囲につくられた都市の名だよ。それぞれの地区は将来の住民の必要に応じてつくられた。かれらはそこで暮らし、深淵学校での教育を終えると、それぞれの任地に送られるのだ。すべてがととのったなら、時空エンジニアとコスモクラートの従者たちは去っていく。こうして数千年のあいだ、何百万もの個人やグループや一種族全体が深淵に流れこんできた。かれらは深淵穴におりていき、〝深淵リフト〟によってスタルセンまで連れてこられる。そこで使命が待っているわけだ」

だが、あの壁は！　と、アトランは考えた。都市の外壁はなんのためだ？　スタルセンの住民を閉じこめておくためか？　だれかが深淵の地から都市に侵入するのを防ぐためか？

「外壁は後年になってから建設された」と、ドルレンソト。「流入する協力者の数が膨れあがるにつれ、混沌の勢力による危険も大きくなる。深淵穴はネガティヴ意識を持つ者をしりぞけるようにつくられてはいたが、コスモクラートも時空エンジニアも確信は持てなかったのだ。

そこで、コスモクラートは監視者を置いた。深淵監視者だな。その監視者がどこからきたのか、生物なのかロボットなのか、コスモクラートのほかにはだれも知らない。たしかなのは、それ以後、監視者が深淵を監視していることと、混沌の勢力を感知してその手先が深淵に侵入せぬようにしていることだ。

コスモクラートが予防処置を講じるあいだ、時空エンジニアたちも同じように防衛に乗りだした。深淵学校のなかに防御罠システムを設置し、難攻不落の外壁を建設したのだ……予想に反して敵対勢力が監視者の目をくぐり、スタルセンに侵入しようとした場合にそなえて。敵がスタルセンをわがものにしようとすれば、外壁が妨げとなり、それ以上は深淵の地へ侵入できない。外から深淵の地に入る転送ゲートは四ヵ所しかなく、これらのゲートは時空エンジニアによって制御されている。かれらの定住場所は〝光の地平〟といって、深淵の反対側のはしにある。そこはトリイクル9の土台があったところで……」

アトランは笑った。外壁だと！　すべての星々にかけて、そんな壁ごときで敵を防げるのか？　たとえ転送ゲートが封鎖されていても、壁など飛びこえられるはず。

「この壁はな、アルコン人」からかいをこめて、ドルレンソトが応じた。「通常の壁ではないのだ。凝縮エネルギーでできていて、きっかり二千三百十二メートルの高さまでそびえたっている。深淵では三次元に制限があり、深淵定数によって、なにものも二千三百十二メートル以上の高さに達することができない。これは、この宇宙における光速の壁に匹敵する自然法則なのだ……」

最大到達可能な高さがきっかり二千三百十二メートルとは……アトランがあきれていると、深淵税関吏がまた割りこんできた。

「いちいち中断させずによく聞くんだ、アルコン人。ディメセクスタ・トンネルを通って深淵穴に着いたら、この移送は終わる。きみらは、そこから即座に深淵リフトに乗って、スタルセンまでおりていかなくてはならん。近ごろは、深淵穴にぐずぐずしていると危険だからな」

アトランは黙っていた。

「深淵の地には、ありとあらゆる専門家が集まってきた」と、税関吏は話のつづきにもどった。「そしてついに、トリイクル9の復元作業がはじまることになった。もちろん協力者たちの流入はつづいていたが、すでに深淵で誕生した者のなかから、時空エンジニアの助手を大量に補充したわけだ。

プシオン・フィールドの再構築は、手間がかかるとはいえ、けっして解決できない問題ではない……この、期待の持てる知らせが光の地平からもたらされたとき、深淵穴に最初の変化が生じた。変化は、深淵監視者も、深淵穴そのものも襲った。深淵から高地へいたる通路が頻繁に遮断されるようになったのだ。時空エンジニアたちはその原因を突きとめようとしたが、成果はなく、下へつづく道は使われなくなる。ただし例外として、ときおり監視者たちが、訪問者が下にくだろうとするのを妨害したり、攻撃さえしたりした。混沌の勢力とは関係のない訪問者たちをだ……

深淵とのコンタクトが失われそうだとわかったとき、コスモクラートたちはオルドバンに、かれが不在のおりに深淵でなにが起こったか、包括的ヴィジョンを通じた知識をあたえた。ヴィジョンによるこの情報はオルドバンの意識下に定着し、必要な場合に使えるようになっている。

やがて、遮断が常態化した。深淵への道は永遠に閉ざされたのだ。時空エンジニアの報告も返ってこず、コンタクトはとだえ、深淵の地は孤立した。

コスモクラートたちは、まずは静観することにして、救援部隊を送らないことにした。時空エンジニアが時とともに障害をとりのぞくだろうと期待したのだ。

そして、いまもかれらは待ちつづけている。ときおり偵察員を下に送ってくるので、わたしはそれを深淵穴に連れていき、かれらがリフトに乗りこんで下におりていくのを見送る。だが、そのあと、偵察員からの音信はまったくとだえてしまうのだ」

税関吏はそこで黙りこんだ。

アトランは集中し、自問する。われわれの目的はなんだ？

下にある、大陸ほども大きい都市の光景がぼやけた。すさまじい速度で深淵の地の上山がを移動していくので、個々のものが見分けられない。ようやく速度が落ちたとき、山がひとつ目の前にあらわれた。

とてつもなく巨大な黄金色の山だ。その頂上は、深淵の地の上空をおおう雲を突きぬけて消えている。

「創造の山だ」と、ドルレンソト。「光の地平のはずれにそびえるこの山こそ、トリイクル9の土台。山の形状はただのシンボルだ……外から見た姿に惑わされてはいけない。あの黄金色もほんものの金ではなく、プシオン・エネルギーでつくられた一種の錨《いかり》だ。きみらが時空エンジニアに会いたければ、この山までこなくてはならない。山は深淵の地の反対側のはしにある。スタルセンとは真反対の方向だ」

「距離はどのくらいだね？」と、サリクのメンタル音声がアトランの思考に響いてきた。

「ばかな質問だ！」税関吏は笑って、「距離を教えることはできるが、それはただの数字にすぎない。本当のスケールを想像することは、きみらにはできまいよ。こういえば充分だろう……時空エンジニアたちは、この人工世界のとてつもないスケールにもとづいて転送システムを設置した。それぞれの転送機ドームから次のドームまでは、三十万キロメートルはなれている」

「三十万キロメートルだと？」と、アトラン。「まるまる一光秒ではないか！」

「そうした転送機ドームが何千とあるのだ」ドルレンソトはそっけない。「転送システムは深淵内に隙間なく張りめぐらされているから」

アトランは震撼《しんかん》する。転送機から転送機への距離が一光秒とは。しかも、システム全体は数千もの転送ステーションからなるのだ。すべての星々にかけて、実際、深淵の地とはどれほどの大きさなのか？

「訊かれたから答えたまで」と、税関吏はいった。「きみらの第一目標はスタルセンの深淵学校だ。そこがかつてどんな外見だったか、どんな機能を持っていたか、もうわかったと思う。だが、コンタクトがとだえてからずいぶん時がたった。なにがあってもおかしくない」

その言葉が終わったとたん、黄金色の山の姿はぼやけて、アトランはまたグレイの虚無のなかを漂っていた。

「もうすぐ深淵穴に着く」と、ドルレンソト。「なにか質問は？」

「ざっと十万ほどある」と、アトランが返す。「だが、きみには答えられんだろう」

「それに異議をとなえようとは思わんよ」と、税関吏。

税関吏の声が消えて、虚無空間のグレイが暗黒に変わる。その暗黒がアトランの思考のなかに忍びこんできた。

＊

気がつくと、アトランの周囲は闇につつまれていた。感覚をとりもどし、体勢をたてなおすのにしばらくかかる。むきだしの背中の下の地面がかたくて冷たい。頭上には星がまたたき、雲ひとつない夜空に薄い渦状星雲が見えた。

勢いをつけて立ちあがり、

「ジェン！」と、呼びかけた。

「ここです」深淵の騎士のよく知った声が響いた。

頭をめぐらすと、サリクはアトランのうしろのグレイの地面にすわっていた。地面は石か、または似た素材でできているようだ。暗闇のなか、サリクの明るい肌に細胞活性装置がきわだっている。

「ぴちゃぴちゃいうゴムボールはどこだ？」アトランはたずね、ほっと息をつく。空気は冷たく新鮮だ。だが、まるでにおいがしない。無菌だな、と、アルコン人は思う。

ゆっくりと立ちあがった。目がしだいに闇になじんでくる。ふたりはグレイの平地のはずれにいた。すぐそばで断崖が、谷底までななめに落ちこんでいる。その断崖のあちこちにしみのような、数百メートルの高さや幅を持つ個所がある。洞窟の入口だろう。断崖は左右にのびており、その果ては夜の闇に溶けて見えなかった。

「あれが深淵穴ですね」サリクはつぶやき、巨大な谷底をさししめした。「本来の深淵穴です。つまり、われわれ、あの惑星規模のすり鉢のはしに立っているということ」

「ドルレンソトはどこだ？」アトランが再度たずねる。周囲を見まわしたが、深淵税関吏は影もかたちも見えない。同じように、かれらがディメセクスタ・トンネルを通過するのに使ったグリーンのクリスタル容器もない。

どれくらい移動したのか？　と、アルコン人は考える。われわれ、コルトランスからどれだけはなれたのか？　銀河系からは？

頭をそらし、天をあおぐ。そこにある光のかけら……淡い羽毛のような靄《もや》のひとつは、巨大銀河ベハイニーンにちがいない。オルドバンの故郷であり、無限アルマダの出発点である。

サリクがアトランを軽くつついた。

「下のほうでなにかが動いたような気がします」と、神経質そうにいう。

アトランも谷底を凝視する。

「なにも見えないな。それよりも、寒くてたまらん」と、笑ってみせたが、憤慨していた。「正直いって、すこしばかばかしくなってきた。惑星ほどもあるすり鉢の縁に裸で立って、ぴちゃぴちゃしゃべるゴムボールを待っているとは」

サリクが声を張りあげた。

「あそこに！」

こんどはアトランも動きをとらえた。なにか、大きくて黒いものが近くの洞窟からわきだしてきた。かたちの定まらないなにかが、斜面を手探りで引っかくようにして、ゆっくりとこちらに近づいてくる。

ふいに、アトランはそれがどんな素性のものか悟った。

深淵監視者にちがいない!

アトランは、監視者が自分たちを侵入者と認識したのだと気づいて身震いした。

4

気絶していたチュルチは、激痛を感じ、悲鳴をあげて飛び起きた。

「ようやくか!」と、歯ぎしりをするような声がした。「気がついたな」

略奪者はうめいた。全身が傷だらけのようだ。あたふたとからだを動かすたびに、あらたな痛みに襲われる。うめき声をあげ、じっと動かないようにすると、頭のなかをかきまわすような苦痛はおさまった。

テレパシー・ゾンデによる検査か。つまり、かれらは本当に友愛団のエージェントなのだ!

チュルチは目を見開いた。プシオニカーたちは、すこしはなれたところに立っていた。裾《すそ》の長い白いケープが、付近の大気渦による突風でひらめいている。かれらはチュルチの視線を冷たく見かえした。

その三名がそれぞれ異なる種族であるのを見ても、チュルチは驚かなかった。友愛団の本来のリーダーである助修士は、スタルセンの第一階級市民すべてのなかから自分たちの同志を選ぶ。ある程度の超能力を使える者はだれでも、友愛団から嗅ぎつけられ、仲間に入るよう強制されるのだ。その多くは自由意志で団に参加した。ゲリオクラートの階級支配による専制から逃れるためであったり、日々の生活の労苦から解放されるためであったり、冒険心や好奇心、そのほか多様な動機によって。

だが、助修士たちが中途半端《はんぱ》な超能力の持ち主に圧力をかけるという噂もあった。また、友愛団の呼びかけにしたがわない者は、いずれ不自然な死に方をするとも……

「かれ、友愛団について思考している」と、チュルチの右側に立っていたプシオニカーがいった。「われわれのことをわかっているな」

その相手を見てチュルチは、濃紺の根っこを連想した。根っこが地上の生活を研究するため、地中から日の光のもとにせりだしたかのようだ。不格好な主根を半ダースの節くれだった繊維束が支えている。肩の上には、頭のかわりに白黒の葉の茂った灌木《かんぼく》がある。声は明らかにその灌木の枝から出ていた。枝がたがいにこすれあい、ぎしぎしとした言葉をつくっている。

まんなかに立っているプシオニカーは、プラチナのようなキチン質の甲殻を持つずんぐりとした昆虫種族だった。研磨されたダイヤモンドのような複眼と万力のような鉤爪を持っている。

「待っているのだぞ。早くしろ」と、昆虫生物は笛を吹くような声でいった。

「われわれ、きみの告白を待っている」と、左側のプシオニカーが応じる。青く膨れて、いぼだらけの顔をしたヒューマノイドだ。

「わたしの名はチュルチ」と、名乗る。「略奪者だ。長年、この深淵学校の敷地で活動している。友愛団とは無関係だ。わたしになんの用がある?」

根っこ生物がぎしぎし音をたてた。忍び笑いのようにも聞こえる。

「われわれをだますつもりだな」

「なめているのじゃないか」と、昆虫生物。

「思い知らせてやろう」ヒューマノイド生物がそういうと、たちまち、灼熱の鉄の環がチュルチの頭蓋をしめつけたようになった。

チュルチはうめき、身をよじろうとするが、テレキネシスによって、からだはぴくりとも動かせない。だが、やがて鉄の環が消え、しめつけもおさまる。

「すこしは、利口になったろう」

「嘘をついてもむだだとわかったはず」

「どんなに抵抗しても、あらたな痛みで罰せられるだけだ」

「あらためて尋問しよう」

「だれの指令で動いている、略奪者チュルチよ?」

「ゲリオクラートか?」

プシオニカーたちの声が、金属昆虫の攻撃的羽音のようにチュルチのまわりをまわったかと思うと、ささやくようにいったんしずかになり、ふたたび脅威的に高まった。

「ゲリオクラートたちは、高地からの訪問者が深淵にくるとどこから知ったのか?」

高地からの訪問者だと? チュルチは軽い目眩を追いはらった。

「きみの役目はなんだね、略奪者? ゲリオクラートのスパイか? あるいは、訪問者の抹殺か?」

「訪問者のことなど知らん」必死に考えをまとめようとしながら、チュルチは抗弁した。神話にも等しい高地からの訪問者だと……ありえない! まったくばかげている。遠い昔から、スタルセンは孤立している。外からの訪問者などきたためしはない。「わたしはゲリオクラートの配下ではないし、だれかの隷属民でもない。第一階級市民のチュルチだ。深淵年で二十年このかた、略奪者として働いているだけで……」

目に見えない鉄拳がまたチュルチの頭に打ちつけられた。

「かれの思考するさまはどうだ! あまりにすばやい! われわれ、訪問者についてほとんど話していないのに」根っこ生物がぎしぎしいう。

「正直にいわないなら、焼き殺すぞ」プラチナのように白い昆虫生物が、いらだたしげに息をもらした。

「それから、粉々にする」と、ヒューマノイドがうなずく。

「ほかの同志はどこにいる？　ボスはだれだ？　南のバイヤル人地区を統治しているカルク978か、それとも、ほかのゲリオクラートか？　中央地区の統治者フルナン2317なのか？　あるいは、きみは生命のドームからじかにやってきたわけか？」

「ゲリオクラートの最長老に仕えているのか、チュルチ？」

「きみの任務はなにか？」

かれらの質問に対する答えを叫ぶたびに、チュルチは頭蓋に灼熱の鉄槌をみまわれ、頭が焼けつくような思いをした。

「訪問者たちのことをどこで知ったのか、チュルチ？」

「そのことを知るのは助修士長と、かれに仕えるわれわれだけのはず。われらは……」

「……高地からの訪問者を出迎え、友愛団の席に案内する任務を帯びている……」

「……訪問者をゲリオクラートやその手先にわたさないためだ。きみのような手先にな、略奪者チュルチよ……」

「本当にチュルチという名前ならの話だが」と、根っこ生物ががらがら声でわめいた。

「略奪者だというのも」昆虫生物がそれにいいそえる。

「ゲリオクラートの隷属民でないというのも」と、ヒューマノイド生物がしめくくった。

「きみたちのひとりはテレパスだろう！」チュルチは必死に抗弁した。「ならば、こちらの思考が読めるはず！　わたしが真実をいっているとわかるにちがいない！」

「思考なら読んだ」と、根っこ生物がいった。「ゲリオクラートからの指令についてはなにも知らなかった。だが、それはなんの証拠にもならん」

「ますます疑わしくなっただけだ」ヒューマノイド生物が口をはさむ。

「なぜなら、テレパスから思考をかくす方法だってあるからな」三番めのプシオニカーもいいそえた。

「かれは訪問者のことを考えている」と、根っこ生物がきしむようにいいたてる。「もし、それが本当に高地からの訪問者であったら、どれほど価値があるかと考えている。深淵学校の敷地にのこるすべての財宝なんかより、ずっと値打ちがあると。どうやってそれを獲得するか、知恵をしぼっている。それに、われわれのことは……」

テレパスはそこで黙った。

チュルチの前肢が、相手の節くれだったからだに一発みまったのだ。プシオニカーははねとんだ。略奪者はただ本能的にふるまっただけだった。テレパスがかれの思考を読んでいるあいだ、チュルチの潜在意識の奥でひとつの決断がととのって、躊躇《ちゅうちょ》なく行動に出たのだった。昆虫生物がひゅっと声をあげ、チュルチは白い毛皮が焦げるのを感じた。パイロキネスである昆虫生物に、いま一度、前肢で殴りかかる。瞬時に炎は消えた。

チュルチは間髪《かんはつ》をいれず、こんどは全体重をかけてテレキネスに体当たりした。

いぼだらけの顔をしたヒューマノイドは、悲鳴をあげて倒れこんだ。

チュルチの心臓は早鐘のようだ。三人組から足を引きずるようにしてはなれたときも、パイロキネスに浴びせられた炎攻撃の熱がおさまらず、手足の痛みも増していた。プシオニカーたちは死んではいない。ただ気絶しただけで、いつかは目ざめる。もし、かれらを殺してしまっていたら、状況はもっと絶望的だったろう。三人組に危害をくわえたなら、友愛団からその責任を問われるのはまちがいない。

友愛団のメンバーを殺害した者は、みずからの死をもって償うのだ。おそらく、プシオニカーたちのあいだに精神的結びつきがあるからか、集団意識のようなものを使って、一名がなにかを知れば全員が知ることになる。たぶん、友愛団の本部がある建物〝オクトパス〟では、チュルチへの死刑宣告がくだされているだろう……

チュルチは歩を速めた。

痛みは耐えがたかったが、できるだけすみやかにテレパスたちの領域から去らなければならなかった。廃墟のなかに身をかくしたら、三人組からさらなる不意打ちを食らうことはあるまい。いくつかのピラミッドには、プシ作用を遮断する部屋があるはず……

チュルチは力強いジャンプで、おそらく数千年前からこの場所に放置されている錆《さ》びた金属片の山をこえた。人間の背丈ほどのクリスタル草の群生地を駆けぬけ、天に向かって二百メートル以上そびえている漆黒の一ピラミッドに入りこんだ。ピラミッドの壁には大きな裂け目がいくつもあり、そこから内部の塵埃の上に昼の光がさしこんでいる。

かたすみには鳥類の子孫であったにちがいない生物の骸骨の破片があった。

急いでその骸骨を通りすぎ、せまくて暗い通路をしゃにむに進み、中央ホールに出た。ピラミッド基部の三分の二を占める大きさで、かび臭く、床は指が埋まるほどの埃におおわれている。その灰色の埃の層には足跡がついていない。

圧倒的な静寂が支配している。チュルチはほっとした。疲労困憊《こんぱい》していたので、すこし息がつけるのをよろこんだ。サドルバッグから、強壮剤と傷の治りを促進する錠剤を引っ張りだし、水筒の水で飲みくだす。水筒にはまだ四分の三ほどのこっていて、充分な余裕があった。基本的に深淵学校の地区にはいまも機能する水道設備がのこっているが、略奪者として生きのこるつもりなら、あらゆる不慮の事態にそなえておかなければならない。

水筒をサドルバッグにもどし、パラライザーを手にする。武器の携帯は第一階級市民には禁止されていた。統治者階級が、武器所持に関する自分たちの……スタルセン供給機の前に立てば、あらゆる好みの破壊装置を虚無から物質化させられるという……特権を維持するために、熱心に目を光らせているのだ。

だが、禁止とは破られるためにこそあるのだと、チュルチは憤慨して思う。

強壮剤が効きはじめた。傷の痛みも気にならないくらいに遠のいた。あらたな力をからだじゅうに感じる。伸びをして、いつでも撃てるようパラライザーを両手にかまえると、速足で進みだした。ホールの反対側に着いたとき、左に向きを変え、暗い通廊へ跳びこんだ。

思ったとおり、これら廃墟の構造はどれも同じだ。わずかな幸運だったが……

チュルチは耳をすました。頬を膨らませ、濡れた鼻面《はなづら》であちらこちらと嗅ぎまわる。なにもない。かびと古い遺物のにおいしかない。

罠探知機はグリーンに光っている。チュルチは五十メートルほど先で右にターンして、あらたな脇道につづく暗いトンネルを速足で進んでいった。雲からの光が明るくさしている細い開口部がある。チュルチはためらったが、せますぎて通りぬけられないことはおそらくないだろうと思い、ゆっくりと近づく。注意深く外のようすをうかがった。

一、二キロメートルほどしかはなれていないところに、深淵学校の廃墟をこえてそびえる黄金の高塔が見える。雲の光を受けてぎらぎら輝いていた。このわずかな距離から見ると、塔のかたむきは不気味だった。

チュルチは低くうなった。かれの鋭い目は、高塔の周囲や廃墟とクリスタル樹木のあいだに一面に散らばっている、燃え殻のような塊りを見逃さなかった。

閃光放射機だ。

あのそばを通過するのは困難だろう。それに、あれだけが唯一の防御システムではない。罠探知機の助けがあっても、高塔に足を踏み入れるのは大きなリスクとなる。

チュルチは身震いした。

高塔に足を踏み入れるだと！　なんてことを考えている！　頭がおかしくなったか？　はかなく命を落とすことになるぞ……

あらためて、先ほどの三人組の言葉を思いだした。高地からの訪問者！　信じがたく、ありえないと思われたが、もしもそれが事実だとしたら……そして、もし訪問者たちとコンタクトでき、かれらが自分を信頼して、したがってくれたなら……あの三人組のいうとおり、深淵学校の財宝すべてよりも訪問者たちの価値は高い。仲介者を通じて、かれらを友愛団かゲリオクラートに売りわたそう。両グループはひっきりなしに値を吊りあげてくるだろう。そうして、訪問者がすくなくともふたりいたら、ひとりを友愛団に、もうひとりをゲリオクラートに引きわたし、二倍稼げる……

チュルチは低くうなって、甘い夢想を振りはらった。

高塔にはまだ近づかない。どこか近くに友愛団の三人組がうろついているだろうし、訪問者がどのような者たちなのかもまったく知らないから。だが、頭のなかではもう皮算用し、ひと商売しようと決めていた。まるで、恐いもの知らずの初心者のようだ。深淵年で二十年、この廃墟をあさりまわっている略奪者チュルチではなく。

低くうなるのをやめ、押し殺した笑いをもらす。

縁起をかついで、へたな詩でもひとつこしらえてみようとした。危険な仕事に出ていく前にはいつもそうするのだ。自分の強さと勇気を讃《たた》える詩を……

「ひとりの略奪者がスタルセンにきた、

そこでしばらく草を食《は》むため。

ところが宝探しをはじめると、

たちまち厄介者にされた。

いまやスタルセンから逃げていく……」

チュルチは身震いした。

だめだ！　ひどい詩じゃないか。暗い気分で、エロイン地区からきたへぼ詩人のことを思いだす。その男から詩の韻律法を習ったのだが、ときどき、だまされているような気がしたもの。ずいぶん熱心に詩作したが、いつも戯《ざ》れ歌にしかならなかった。たぶん、リズムのせいだろう。おそらく、あのへぼ詩人がいっていた……なんだっけ？　リメリックだったか？……そう、リメリックは英雄叙事詩の正しい詩形なんかじゃないのだ……

吐息をもらすと、チュルチはピラミッドの壁の裂け目から外へ出て、身をかがめながら黄金の高塔に近づいていった。

5

ほんの数秒で、アトランは深淵監視者から逃げるのは不可能と悟った。不気味な無定形の黒い塊りが、すさまじい速度で深淵穴のはしにまでやってきて、がたがた、ぎしぎしきしみながらグレイの平地に這いあがり、こちらをとりかこみはじめた。

「あれは〝コア・シン〟だ」と、ジェン・サリクがつぶやく。

アトランが振り向くと、サリクの顔が痛みでも受けたように引きつっていた。うめきながら、両手で頭をかかえている。

「わたしにはわかる」と、深淵の騎士は声をしぼりだす。「コア・シン……原始宇宙からきた、組織体を持たない盲目の生物……とっくに死滅したと思っていたのだが……あれに触れると遺伝子情報が破壊され……われわれ、分解されて、あれと同じ姿になってしまう……」

サリクはまるでなにかに強制されているように、とぎれとぎれに説明した。アトランはかれの腕をつかみ、底知れぬ深淵穴のはしから遠ざけた。

混乱するアトランの思考を付帯脳の声がさえぎった。

〈ハーデン・クーナーがジェン・サリクの声を借りて話している！　深淵監視者に対峙《たいじ》したことで、サリクの意識のなかにあったクーナーの記憶の一部が活性化したにちがいない。運がいいぞ。この状況下では、深淵で生きのびるチャンスがそれで増えるはず。おそらく、このすり鉢でなにか特定の体験をすれば、さらに記憶がもどるだろう〉

だが、それはこの怪物から逃れられたらの話だと、アトランは思った。

コア・シンは半円形の障壁に変形し、動きながら加速してその輪を閉じようとしている。

アトランが悪態をつく。

あのいまいましい深淵税関吏はどこだ？

不定形の障壁が輪となっていまにも自分たちをのみこもうとするのに、かれはあえぎながら立ちつくすだけ。輪からは三十メートルほどはなれていたが、その距離は縮まっていく。巨大な異生物がじりじりと迫ってくる。

その瞬間、なにか空で光った。アトランには、それが深淵穴の上の大気圏へ飛びこんで燃えつきた隕石かと思えた。

〈ばかな！〉付帯脳がささやく。〈隣接銀河まで数億光年もはなれていて、隕石落下などあるものか！〉

数秒後、その光点から一飛行プレートが飛びだしてきた。きらめくガラス製の橇《そり》に似た奇妙な乗り物には、グリーンのまるい深淵税関吏が舌を鳴らしながらすわっている。

「ほう、ほう、ほう！」と、ドルル・ドルレンソトは笑った。ふたりに向かって急降下しながら、黒いプロトプラズマ状の深淵監視者の真上を通りすぎると、ゆっくりとグレイの地面に着陸し、「乗れよ。それとも、監視者につかまるまで待つ気か？」

くすくす笑う。

アトランは悪態をがまんする。サリクを見て、

「準備はいいかな？」

深淵の騎士は弱々しくうなずく。

「もう大丈夫です。自分をとりもどしました。ハーデン・クーナーが……すこしのあいだ、そばにいたのですが」

「ぐずぐずするな、おろか者たち！」と、ドルレンソトがわめきたてた。

コア・シンは勢いを倍増させて、飛行プレートにまで迫ろうとする。真っ黒な不定形のプラズマ触手が税関吏に触れたが、びくりとして引っこんだ。

「お目当てはわたしじゃないからな」ドルレンソトがまたくすくす笑う。

アトランとジェン・サリクが跳び乗ると、飛行プレートは高くあがった。深淵監視者のほうは、みるみる縮こまって後退していく。

「間一髪だったぞ」と、アトランが不平をもらす。

「どこにかくれていたのだ、税関吏?」

「どこにかくれていただと!」ドルレンソトは舌を鳴らして、半メートル跳びあがった。「わたしには、きみらのうしろでいつもあっちこっちはねまわる以外に、することがないとでも思っているのかね? 深淵リフトを点検していたのさ。なにしろ、何千年も使われてなかったからな。きみらだって、深淵にまっさかさまに墜落したくはなかろう。すぐにおだぶつじゃ、しゃれにもならない……」

またくすくす笑う。

「深淵監視者はなぜわれわれを攻撃したのだ?」アトランはドルレンソトの言葉を無視して訊いた。

「わからんな」と、小声の返事。「サリクの騎士オーラが監視者をよせつけないはずだが、かれらはつねに予測不能なので」

飛行プレートは深淵穴のはずれに着くと、直径一万二千キロメートル、深さ六千キロメートルの谷底に向かってななめに降下していく。特殊ガラスでできた橇が明るく輝いて、ぎざぎざの洞窟入口付近を闇のなかで照らしだした。急斜面には大小何千もの入口がある。そのいくつかに、見知らぬ生物の影が動くのをアトランは見た。だが、どんな生物か確認できる前に、どれもさっと姿を消した。

見あげると、真っ暗な闇がおおっている。深淵穴の縁をわずかな明かりで浮かびあがらせていた星々も、銀河の星雲も消えていた。

突然、ひとつの洞窟入口から蛍光を発するなにかがあらわれた。長く伸びた雲が内部から赤く燃えているように見える。飛行プレートがきしみ、揺れ動いた。アトランは本能的に飛行プレートの手すりにしがみつくが、軽い重力フィールドを感じて、シートに固定される。

「エネルギー食らいだ」と、ドルレンソト。すこしも気にしていない。

すぐにその蛍光雲は通りすぎ、振動もおさまった。

「じきにまた監視者たちは、深淵穴に入ろうとする者を見境いなく攻撃してくるだろう」と、ドルレンソトはいいそえた。「そう感じるが、きみらはどうだ？」

アトランは黙ってうなずいた。すり鉢状の谷底に不穏な空気が満ちている。すさまじいプシオン性の振動が深淵穴の底から絶え間なく伝わってきて、メンタル安定人間でさえおちつかせなくさせた。〝去れ！　去るのだ。さもなくば、おまえたちを滅ぼしてやろう！〟と、振動がささやきかける。その脅迫の背後にかくされ、深淵監視者の姿に凝縮されている力は、自分になにができるか知っているのだ。

ふいにアトランは深淵監視者たちの秘密をぼんやりと予感した。

ジェン・サリクがすでにいったように、かれらはこの宇宙の始原に端を発する、組織体を持たない盲目の生物なのだ。七強者の播種船によって生まれたのではない生命体で、オン量子とノーオン量子からなるバイオフォアがなくても存在し、それゆえ異なる法則のもとで生きている。おそらく、深淵監視者たちはモラルコードにさえ左右されないのではないか。アトランはぞっとしながらそう考えた。

〈ようやく頭を使いはじめたな〉付帯脳がほめた。〈その推測は論理的だ。結局のところ、コスモクラートは、モラルコードの埒外《らちがい》のところにいる敵を相手にしている。そのような敵を探知し、ここを防御するためには、コア・シンのような生物を監視者にするのが最適と考えたのだ〉

では、深淵監視者は混沌の勢力と類似しているのか？　と、アトランは考えた。

〈ばかな！　かれらはべつの存在だ。おまえやジェン・サリクやペリー・ローダンのような生物こそ、混沌の勢力と類似している。カルフェシュもまた同じ。おまえたちは一枚のメダルの裏表なのだ。しかし、深淵監視者は混沌の勢力とも秩序の勢力とも異なる。モラルコードの作用をまったく受けない……〉

同じように、混沌の勢力もその作用を受けないはず！　と、アトラン。

〈おろか者！　混沌の勢力がモラルコードを拒否している事実だけを見ても、かれらもまたこのコードに依存しているという証明になるではないか！〉

アトランは嘆息した。

おそらく、付帯脳が正しいのだ。あらゆる生物にはポジティヴとネガティヴの可能性がひそんでいる。善と悪はたがいを前提としていて、一方がなければ他方も存在しえない。そう考え、アトランは気がめいった。この見解のもとでは、混沌の勢力との戦いは、はじめから望み薄ではないか？　宇宙のネガティヴ勢力に対する勝利は、ポジティヴ勢力の敗北と同義になるのではないか？

論理セクターがあらためて伝えてきた。

〈考え違いをしている。コスモクラートたちが戦う相手は悪ではなく、ネガティヴ勢力の組織なのだ。悪を完全に消滅させることは、自由の終焉を意味する。ポジティヴとネガティヴ、いずれかの可能性を選べる者だけが、真に自由ということ。それ以外のすべての者は、奴隷と同じだろう。混沌の勢力が追及しているのもまさしくそれなのだ。かれらは、知的生命体が自由な決定をくだせる可能性を追求しているのだから〉

〈気をつけろ！〉ドルレンソトのメンタル性の警告が付帯脳のささやきのなかに割りこんできた。

ふいに、飛行プレートがぎらぎらした光につかまった。それは眩惑するためではなく、アトランのからだに食いこんだ。四肢をとらえ、思考の中枢にまで侵入してくる。

アトランは硬直した。

麻痺に襲われ、なすすべもなく、魂の暗いかたすみで光が輝くのを目撃する。その光は、心の奥底にある思いや希望や不安までも探りだした。それは、超心理的強制という恐ろしい経験だった。深淵穴を防御するためにこのような手段を講じたコスモクラートに対する怒りがこみあげる。

その光が消えた。からだの麻痺がおさまる。むきだしの肩に置かれたサリクの手の重みを感じ、頭をめぐらす。

「コスモクラートたちも必死だったにちがいありません」と、深淵の騎士はつぶやいた。「だからこうした手段に訴えたのでしょう。つまりこれは、深淵がかれらにとっていかに重要かをしめしています」

アトランは乾いた笑いをもらす。

「わたしにとっては、コスモクラートたちにも警戒せねばならぬことをしめしている。カルフェシュと再会したときに、いくつかはっきりといってやるつもりだ」

「たぶん、あんたはそれをすでにいったはず」ドルレンソトがぴちゃぴちゃいった。

「物質の泉の彼岸ですごした長い年月のあいだにな、アルコン人……」

ルビーのように赤い一ダースの目が、無遠慮なからかいをこめて見つめる。アトランは、この奇妙な生物がいったいどれくらいのことを知っているのかと不快になった。

かれらはまた下方へ墜落していった。

どれだけの時間がたったかわからなかったが、やがて闇のなかに炎が見えた。炎は深淵穴の中心で燃えていた。通常の炎などではない。薄闇の底に口を開いているまるい裂け目から、エーテルめいた白さで噴出している。花弁のようにひろがり、あらゆる色彩のスペクトルを帯び、まるで朝霧のようにたなびいていた。

その炎を噴きだす穴すなわちシャフトのまんなかから、白いフォーム・エネルギーの橋が、透明な卵形カプセルまでつづいている。

「あれが深淵リフトだ」と、ドルル・ドルレンソトがいった。

ガラスの橇の降下速度が落ち、水平飛行になり、深淵穴の底のすぐ上を炎に向かって飛びはじめた。

アトランは、シャフトの直径は数キロメートルと見てとる。炎は千メートルほど噴きあがっていたが、闇を照らすことはない。

橇は、エネルギー橋の近くに着陸した。ドルレンソトはまるいからだを、しぼめたり膨らませたりすると、その筋肉収縮によって橇から跳びおりた。

「急げ!」と、ふたりをせかす。

アトランとサリクも跳びおりる。

「こっちだ」と、ドルレンソトはその方向に向かってすこしだけ転がってみせた。

アトランは目を細め、暗がりのなかに白いちいさなパッケージをふたつ見つけた。

「衣服だよ」と、税関吏。「深淵スーツだ。高地の無機的素材は深淵では拒絶される。だから、こんなヌーディストみたいな素材なのだ」そういって、またくすくす笑った。

アトランはパッケージを手にした。中身は白いコンビネーションと黒いブーツだ。からだにぴったりとフィットして、軽量で柔らかかった。

「高地の無機的素材が深淵で拒絶されるなら、細胞活性装置はなぜ大丈夫なのだ？」と、あらためて税関吏に問いかけた。

「生命エネルギー装置だから」と、返事はそっけない。

アルコン人はその説明で満足したわけではなかったが、ドルレンソトはそれ以上の情報を持っていないようだ。しかたなく、ジェン・サリクにつづいてフォーム・エネルギーの橋に向かう。税関吏のほうは舌をぴちゃぴちゃいわせながらあとにのこったが、

「これでおしまいだぞ！」と、ふいに呼びかけてきた。「おろか者たちめ！　深淵におりて、もどってこられる者などいない！」

「また会えるはずだ」アトランはきっぱりといった。「われわれ、障害をとりのぞいたらもどってきて、こんどはきみを連れていく、ドルル・ドルレンソト」

税関吏は驚いて大きく跳びあがり、

「それが、この犠牲的援助へのお礼とはね！」と、文句をいう。「きみらを監視者から守ってやったのに！　まるで脅しじゃないか！　底ぬけのおろか者のいいぐさだ！」

アトランは一笑すると、白く浮遊している橋に足をかけ、冷たい炎を通過して深淵リフトのキャビンに入っていった。

「幸運を祈る！」と、背後で税関吏のぴちゃぴちゃ音が聞こえた。「とびきりの幸運を！」

〈たしかにそれが必要だな〉付帯脳が同調した。

アトランは気にしない。かれと同じように白いコンビネーションと黒いブーツを着用したジェン・サリクが、先に卵形カプセルに着いた。入口が開き、ふたりともなかに入りこむと、自動的に閉まる。内部にはシートもベンチもなかったが、透明な床は柔らかだった。

ふたりの下から冷たい地獄の炎が噴きあがった。ドルレンソトは高くあがった炎の向こうに見えなくなった。

「不安ですか？」と、ジェン・サリクがかすれ声で訊く。

「そうでない者がいるかな？」と、アトランはつぶやいた。

なんの前触れもなしにふたりは落下し、炎が燃えたつシャフトのなかに落ちていく。

アトランは刺すような痛みを感じた。痛みはつのっていく。悲鳴をあげながら思った。

なにかが機能していない！

轟音《ごうおん》が耳をつんざき、アトランの悲鳴をかき消す。なにかがかれのからだを、四肢や内臓を引っ張っている。すべてが引き裂かれ、無数の破片となってはじけとんだ。

次の瞬間、アトランはサリクの青ざめた顔をのぞきこんでいた。その顔が崩れてあらたなかたちができる。メタルプラスティックが顔の上に膨らんできて、あらたな表情をつくりだし、鉄仮面へと変化した。

「リコ！」と、アトランはつぶやいた。

かれが海底ドームで数千年も深層睡眠状態にあったとき、人類が恒星間宇宙船を……アトランをアルコンまで連れもどせる宇宙船を……つくるほどの文明段階に達するまでの長い年月をともにすごしたロボットの名だ。リコの親しげにほほえみかけるメタルプラスティックの顔が消え、またあらたな幻視があらわれた。タマニウムの地下施設、島の王たちの最後の要塞、眠る者たちの目ざめ……あまりに早すぎた覚醒プロセスによる損傷で、目に狂気と殺意を宿している。そこに、島の王たちの首領、ミロナ・テティンがいた。漆黒の艶やかな髪、きめこまかな褐色の肌、ふっくらした唇とアーモンド形の目。唇はほほえみと悲しみと諦念をたたえている。

次々に人の顔と幻視があらわれる。キント＝センター……USOの技術者たちによって軌道から引きはなされ、恒星間宇宙へとほうりだされたあばただらけの衛星。星々の輝く闇のなか、回転しつづけている。次にマゼラン星雲と、二次制約者たちの半球形のどっしりとした頭蓋。巨大な目が陰鬱《いんうつ》にこちらを見つめる。揺らめく恒星と、ぼんやりした水素の霧。星々の光が暗黒星雲にのみこまれる。それから、何千もの人の顔。ヒューマノイド、あるいは非ヒューマノイド、敵も味方もいる。開いたり閉じたりする無数の口が見えるが、声は聞こえない……

〈遮断しろ！〉幻視の洪水のなかで付帯脳がささやいた。〈防御するのだ！〉

だが、防御の必要はなかった。幻視の洪水はひとりでに消えていく。

「巨大パルサーよ！」ジェン・サリクがうめく。

アトランは意識の乱れを追いはらおうと頭を振り、深淵リフトの透明な床を通して下方に視線を落とす。

足もとにはてしない灰白色の平野がひろがっていた。どこを見ても雲のように朦朧《もうろう》とした平野で、その果ては青みがかった灰色のなかの媒体に溶けこんで埋まっている。

「深淵の地だ！」と、サリクが叫んだ。

ばかな、とアトランは考える。あれが深淵の地などではあるまい。ただの雲だ。

リフトの降下は感じられなかったが、じきにはてしない灰白色のなかから細かい部分があらわれた。宇宙空間に浮かぶ綿球のようにぼんやりした構造物や、動きの途中でとまった霧の断片が見える。雲の層が幾重にも重なりあって、大陸のようになっている。

雲の層はどんどん迫ってきて、リフトキャビンをつつみこむかのようだ。あまりに明るいので、アトランは思わず目を閉じたが、光はまぶたを通りぬけて目をくらませる。

すべてが、ぎらついた白い光のなかに沈んでいき、やがてそのなかから黒い円盤状のものが姿をあらわした。

それは、大きいというイメージをはるかに超える広大さだった。

広大な円盤状世界のさいはてに、きわめて微小ながら、なにかが輝いている。そのちいさななにかから、深淵リフトのキャビンをとらえる牽引ビームが発していた。かれらはそのちいさな光点に向かって下降していった。

光の強さはしだいにおさえられ、ようやくまた目を開けていられるほどになった。アトランはまばたきし、強い光に襲われたせいでたまった涙をぬぐい、あらためて眼下を見おろした。まだ雲に隙間なくかくれていたが、水蒸気の切れ間があるはず。

案の定だった！

赤い炎にかこまれた開口部が見える。かれらはこの火の輪をくぐって、まっすぐに降下していった。

都市が見えた。家々が、一見すると深淵の地そのもののようにはてしなく建ちならんでいる。ガラスや色とりどりのクリスタル、金属、大理石、そのほかの資材でできていた。紡錘形の塔やスマートな高層ビル、黒い邸宅やまばゆい白のドーム。自然石をそのまま加工したような建物。それぞれの地区を区切っているのは、光そのものからつくられたような幅のひろい道路だ。光る雲を反射して湖が輝き、ひしめきあうような建物のあいだにはグリーンや青や赤の植物群が散らばっている。惑星表面のカーブによってわかる地平線は見えず、ただ大気のかすみによって、はるかかなたへの視界がさえぎられている。その奥にはこの世界を区切るひと筋の黒い線があるのだろうと、予感されるだけだ。

「スタルセンだ！」と、サリクがつぶやいた。「深淵穴の下にある巨大都市です！」

かれらは急速に降下していく。目的地は、広大な廃墟地区にそびえる、わずかにかたむいた黄金の塔の円形屋上だ。多様な崩壊の様相を呈《てい》する、さまざまな高さのピラミッドが、テラニア・シティほどの大きさの平面をおおっていた。道路も建物群のある広場も、埃と瓦礫とがらくたに埋まっている。

「深淵学校だな」と、アトランがつぶやいた。

「もはや廃墟にすぎませんが」サリクがいわずもがなのことをつけくわえる。

アトランは注意深く見まわしたが、どこにも生命の存在をしめす動きは見つからない。深淵学校は崩壊し、空虚そのものだった。かれは、崩れ落ちて先端が欠けたピラミッド群の向こうに見える、はるかかなたの空を指さした。

「なにか気がついたことは？」と、サリクに問う。

深淵の騎士はしばし考えこんでから、ゆっくりとうなずいてみせた。

「空にもなにも見えませんね」と、つぶやく。「グライダーも浮遊バスも飛翔機も、なにひとつ飛んでいない」

「おそらく、ドルレンソトがいっていた深淵定数のせいだ」と、アトランはいったが、確信はなかった。「三次元の制限のために航行は許されてないのかもしれんな」

「あるいは、町全体が深淵学校のように荒廃して死にたえたか」サリクがつぶやく。

「すぐにわかる」と、アルコン人は空を見あげた。いつのまにか、雲がまた全天をおおっている。雲の薄いあたりが一カ所だけ、ぼんやりとオレンジレッドに燃えていた。

「町にまだ何者かが住んでいたなら、あの火が見えるだろうな」

「恒星ではありませんな」と、サリクが視線を天にめぐらせた。「どこからあの光がくるのかわからない」

「雲の上にあるのは、円盤形の恒星かもしれん」と、アトランが辛辣《しんらつ》に、「円盤都市の上に円盤恒星というわけだ。この都市の住民たちまで円盤形だったとしても、わたしは驚かんね」

深淵リフトが軽く振動し、高塔の屋上に着地した。空気がきらめいて、ふいに変化する。冷たくかび臭く埃っぽい、なにやら苦くて刺すような大気のにおいがした。キャビンが開放されたのだ。ふたりは深淵の空気を呼吸した。

アトランは耳をすますが、塔の上は静寂そのもの。屋上は直径二十メートルほどで、見たところは純金でできているようだ。腰の高さにフェンスがめぐらされている。その向こうには、深淵学校のはてしない廃墟の群れと、かなたにひろがるスタルセンの町があった。大気が濁っているせいで視界はきかない。むろん本来の意味での地平線は存在しないのだが、景色はしだいにぼやけていき、輪郭のはっきりしない灰白色の雲におおわれた空があるだけだった。

一瞬、アトランは自問する。この閉ざされた世界は、どのような自然環境なのか。暗くなる時間はあるのだろうか。惑星の自転のかわりとして、昼夜の交替がおこなわれるのか。深淵の地の住民たちは、数千年がたつうちにこの環境に順応したのだろうか？

大いなる銀河系よ！　かれらはおそらく、恒星がどんなものであるかも知るまい！

深淵リフトがおりた場所は、まさしくこの円形屋上の幾何学的中心点だ。アトランはゆっくりとからだをめぐらせ、未知世界をじっくり見おろした。

そのとき、一ロボットに気づく。

深淵リフトの開放されたハッチのすぐそばに立っていたのだ。ハッチから塔の内部に向かって斜路がのびている。そこから黄金色の弱い明かりが外へもれ、外の輝く雲明かりでぼやけていた。ロボットはどことなく足の長いクモに似ていた。卵形の金属胴体は光沢がなく、マッチ棒のように細い十二本の脚を使って上下に揺れている。卵形胴体の幅ひろい側がふたりのほうを向いたとき、アトランは赤錆《あかさび》や、へこみや、応急処置で溶接された破損個所に気がついた。ところどころ、指で押せば穴があきそうに金属がすり減っている個所もある。

ロボットがかたがた揺れてよろめいた。

脚が一本折れ、金属胴体から錆がこぼれ落ちる。

そうとうな年代物のようだ。前面の金属部からかすかにぼんやりと光が出ている。どうやら枯渇しきったエネルギー・セルを振りしぼってホログラムを構築しようとするらしい。また、こんどははげしく揺れた。がたがた、ぱちぱちいいながら、どこからともなく雑音まじりの言葉の切れはしを発した。

「……よう……こそ、深淵……へ。ご用命を……階級は……階級は……」

アルマダ共通語だ！　アトランは気づく。ロボットはアルマダ共通語を話している！

ぎしぎしきしむ音が強くなって、声が聞こえなくなるが、またしずかになる。

「階級は……」と、おんぼろロボットはくりかえした。「階級は……」

「このブリキ頭、いかれてますね」と、ジェン・サリクがわざと無頓着をよそおっていった。

最後に大きくきしむと、ロボットは崩れ落ちた。クモ脚が折れ曲がり、その衝撃で卵形胴体も粉々になる。消耗しつくされたエネルギー・セルから、弱々しい閃光がはじけとんだかと思うと、しずかになった。

アトランとサリクは目を見かわす。すると突然、深淵の騎士は目をむいて、アトラン

「あなたのアルマダ炎が！」と、押しだすように声を発した。「消えている！」

驚いてアトランも頭上を見あげる。サリクのいうとおりだった。無限アルマダに属する者すべてが持つむらさき色の光球が消失していた。あの深淵税関吏の予言どおりだ。

しかし、アトランはこともなげな手ぶりをしてみせた。

「聖なる光が失せて、かえって気分がよくなった」そういって、斜路に向かって歩きだした。「きてくれ。塔の内部を見てまわろう。おそらく、まだ完全に機能するロボットが見つかるかもしれない。あるいは、町の住民がな」

アトランは、クモ型ロボットの残骸をよけて歩きだす。ロボットはおそらく、深淵の全盛期には、高地からスタルセンへの訪問者たちを歓迎し、この町の情報をあたえる役目をになっていたのだろう。しかし、流れ去った時間と深淵学校のありさまを思うと、およそまだ機能していたことが驚きだ……

もし、スタルセンが実際に死にたえていたとしたら、どうすべきか。そう考えると気が重かった。税関吏の言葉にしたがえば、都市外壁をこえる手段はないとのこと。転送ゲートがすでに機能していなければ、この先さらに深淵の地に足を踏み入れるのも不可能となる。たぶん、自分たちと同じくここにやってきた偵察員は、その運命にみまわれたのだろう。崩れ落ちた廃墟都市にとりのこされ、深淵穴にもどる可能性も失い、この巨大な牢獄に閉じこめられたのだ……死によって解放されるまで。

アトランは自分の細胞活性装置にそっと触れた。かれやサリクには自然死というものはあたえられない。不死者が生命を奪われるのは、暴力か不慮の事故によってのみ。

サリクがアトランの肩をつついた。

「ここは瞑想訓練をするのに適した場所ではないし、いまはその時でもありませんよ」と、深淵の騎士。

アトランはかすかに笑いかえす。もう一度、孤島のようにそびえている黄金の塔から、この廃墟の海をしげしげと観察すると、サリクのあとについて斜路から塔の内部へと入っていった。

黄金色の光と崩壊の痕がかれらを出迎えた。塔の外観から受けた無傷の印象は裏切られる。埃と瓦礫とごみ、腐食したロボットの残骸であふれていた。ふたりが歩く振動で、プラスティックがもろく崩れる。死のような静寂ばかりだ。屋上のすぐ下にある広大なホールで数千年のあいだ無傷だったのは、塔の素材である黄金だけだった。ほかのすべては、仕切り壁も機械設備も、配管にいたるまで、時の浸食におかされている。

両名はくるぶしまで積もった塵埃のなかを伝い歩くあいだ、無言だった。ホール中央にある黄金のシャフトは避け、使用不能の反重力シャフトのまわりをめぐっているらせん階段を使っておりていった。

次の階層でも同じような光景がひろがっていた。

何千年も降り積もった埃と、死の静寂。黄金の天井から注《そそ》がれる薄明かり以外、なにもない。

深淵学校も、おそらくスタルセンも、住民たちから見捨てられたのだと、アトランはますます確信する。ひょっとしたら、悪疫に襲われたのか。あるいは、外の世界との絶縁に生きる意欲を奪われて、自然のなりゆきで死にたえてしまったのか……または、深淵の地から遠くはなれた光の地平や創造の山へとうつったのかもしれない。

高塔を建造するのに使った素材は、フロストルービンの土台と同じものなのか？　もしもそうだとすれば、それが意味するものは……

〈結論を急いではいけない〉と、付帯脳が警告する。〈もっと情報が必要だ〉

ようやくいちばん下の階に着いた。ここもまた埃と沈黙が支配している。積もった埃の表面には、足跡ひとつない。

「ここは何千年も無人だったのですね」と、サリクがつぶやく。高い天井を支える、彫刻がほどこされたどっしりとした柱をしげしげ眺めたあとで、右側に目をうつす。幅のひろい半円形の出入口が黄金の壁に開いていた。灰白色の雲からの光がそこへさしこんで、舞っている埃を光らせている。サリクはクリスタルかガラスでできているように見える色鮮やかな植物に目を向け、それからピラミッドのどっしりとした基礎部に視線をうつした。

突然、耳を聾する笛のような音が静寂を破った。

アトランはとっさに床に伏せようとするが、からだがいうことをきかない。麻痺させられ、その場に硬直した。

〈拘束フィールドだな〉と、付帯脳が冷静にいってくる。〈罠だ〉

アトランは、サリクも同じく麻痺しているのを視線のはしで確認する。サリクはらせん階段の最後のステップに片足をかけ、もう片方の足は埃の積もった床に突っこんだまま、凍りついたように立っていた。顔がとまどいと恐怖でこわばっている。

アトランもすぐに、その恐怖の原因に気がついた。

黄金の壁から、ビーム兵器がぎしぎし音をたてながら出てきたのだ。銃口がふたりに狙いをつけている。付帯脳がアトランの頭のなかでささやいた。

〈深淵税関吏はまちがっていなかった。深淵は死の罠なのだ〉

銃口が赤く光る。

なすすべもなく、アトランは死を意味する射撃を待った。

6

高塔の上にかかる雲の層に燃えるような裂け目ができ、天から輝く物体が降下してきたとき、チュルチはあの三人組がいっていたことが本当だったと悟った。数千年このかたはじめて、神話となっていた高地からの訪問者たちが深淵にやってきたのだ！

クリスタル草の群生のなかに身をかくし、透明なカプセルが高塔の上に降下してくるようすを、そのかくれ場からたしかめた。深淵リフトにはふたり乗っている。この距離から確認できたのはそれだけだったが。

略奪者の白いたてがみが逆立つ。高地からの訪問者だ！　伝説は正しかった！　深淵の上にも世界があったのだ。スタルセンの住民たちの祖先も、みな太古にはその世界からきたという。高地の住民たちは、深淵の地の閉じられていた門を、なんらかの方法で開けることに成功したのだろう。

チュルチはそう結論づけて、目眩がするようだった。

スタルセンはもはや孤立していない！　都市外壁の向こうにある深淵の地へはいまも変わらず行くことができないが、そのかわりに高地とのコンタクトがふたたびとれるようになったのだ。深淵リフトの異人ふたりは、おそらく先ぶれの使者にちがいない。遅かれ早かれ、かつてのように何千もの数えきれない訪問者が、高地から深淵に流れこんでくるだろう。深淵学校はふたたび繁栄し、昔のようにたくさんの客を迎え入れ、かれらの第二の故郷での生活の準備をととのえるのだ。おそらく、高地からの有力者が転送ゲートも再稼働させて、スタルセンの孤立は完全に終わりを告げるはず。

いまからすべてが変わるのだ、と、チュルチは思った。あらたな勢力が運命の舞台に登場して、スタルセンの古い支配者たちの安穏を脅かすことになる。あの異人たちが何者にせよ、どんな目的できたにせよ、かれらの存在そのものが、友愛団や統治者階級ゲリオクラートの競争相手となる。友愛団が異人ふたりをさらうため、あの三人組を深淵学校に送ってきたのも不思議ではない。ひょっとして、ゲリオクラートたちも周辺を徘徊しているかもしれない……

チュルチは濡れた鼻面をあげて、においを嗅ぎまわった。まだ、その気配はない。急がないと。三人組が近くまできているかもしれない。まちがいなく、プシオニカーたちは深淵リフトの到着を探知している。かれらより先に異人たちに会わなければ。

罠探知機を手で操作する。赤い光が紡錘のまわりに浮かんだ。その光は高塔の周辺地区一帯を網の目のように表示して、チュルチにかくれた罠と防御システムのありかを告げていた。

見ると、アリの這いでる隙もない。塔に近づく者はだれでも、防御機器の影響範囲に不可避的に踏みこむことになる。

ここは、どうしても力を行使しなければならない。たとえ、三人組の注意を引いてしまうとしても。チュルチはパラライザーを地面に置き、サドルバッグからカプセル爆弾をとりだして、しげしげと眺めた。この高価な爆弾をいま使わなければならないのが惜しまれる。それから、罠のありかをしめす赤い光の模様に目を落とし、すこし遠くにある分子破壊銃に向けて爆弾を使うことに決めた。黒い金属製の目立たない塊りが、半分ほど土から顔を出している。うまくいけば、カプセル爆弾が分子破壊銃を破壊し、防衛網の一角に隙間ができるだろう。

なぜ高塔の周囲に罠システムが集中しているのか、と、いつものように考えた。深淵学校の創設者たちは、まるで敵が塔を経由して深淵に侵入してくるのを恐れたように見える。

創設者たちは高地からの有力者と抗争していたのか？　とすれば、あのふたりの異人は深淵の敵なのか？

チュルチはその考えを押しのけた。

時間がない。いますぐに行動しなければ……あの三人組があらわれる前に。

カプセル爆弾に信管をつなぎ、反動をつけ、黒い金属塊めがけて投げつけた。そこに五キログラムより重い物体が近づけば、グリーンのぎらつくエネルギーが円形状に放射される。分子間の結合エネルギーを中和して、どんな物質も粉々に崩壊させてしまうエネルギー・フィールドだ。

にぶい爆発音がして、灼熱の閃光がほとばしり、大量の土埃を巻きあげる熱い爆風が起こった。その爆風がおさまるかおさまらないかの瞬間に、チュルチは走りだした。片手にパラライザーをかまえ、もう一方に罠探知機をにぎりしめて、分子破壊銃の残骸がまだ煙をあげてくすぶっているクレーターを跳びこえた。そのまま、高塔の開いた入口に全力で駆けだしていく。

むらさき色の閃光が左右からはしり、瓦礫と土塊をはじきとばした。だが、チュルチはまるで奇蹟のように直撃をまぬがれ、くぐりぬけていく。

あえぎながら、入口に達した。

喉からごろごろと息がもれる。

そこに、かれらがいた……異人たちが！　三人組のテレキネスと同じくヒューマノイドだが、肌の色は青でなく明るい褐色だ。一方の高地人の頭には、濃褐色の短い髪が生えている。もうひとりは銀白色の長髪だった。どちらも身じろぎしない。その目だけが、懇願するようにこちらを見つめていた。罠探知機のオーラが赤く光っている。

壁だ！

ビーム兵器がある！

拘束フィールドだ、と、チュルチは思った。異人たちはそれにつかまっている……兵器の発射口が赤く光った！

反射的に背中を探り、右側のサドルバッグに手を突っこむ。やみくもにかきまわし、ようやくもうひとつの最後のカプセル爆弾を探りあてた。引っ張りだして、すばやく信管をつけると、壁に向かって投げつける。

爆風がチュルチを床にたたきつけた。息が詰まり、目がくらんだ。傷だらけのからだに、あらたな痛みがはしる。歯を食いしばって、目を細めて見あげた。壁の黄金は無傷なのに、ビーム兵器は溶解していた。異人たちは、巻きあげられた埃のせいで咳《せ》きこんだり、息を詰まらせたりしながら、よろめいた。

「こちらへ」と、チュルチは声をおさえて呼びかけた。「ついてきてください」

異人たちがわかってくれるよう、願った。銀白色の髪をしたほうのひとりが、土埃のなかから立ちあがり、歯をむきだしてくる。チュルチはあとずさった。はじめは、それが威嚇の動作だと思ったのだ。しかし、高地人はすぐに両のてのひらを見せた。

「感謝する」その男は話しだした。深淵語ではあるが、妙にたどたどしい。「間一髪のところだった。わたしはアトランだ。ここにいるわが友はジェン・サリク」と、もうひとりの高地人を指さす。「もう一度、礼を……」

「それはのちほど」と、略奪者はさえぎった。「わたしはチュルチです。早くここを出ましょう。友愛団の三人組があなたがたを追ってきています。ゲリオクラートたちもおそらく迫っているでしょう。安全なかくれ場に連れていきます。急いでください！」

異人たちは顔を見あわせ、ためらっている。チュルチはこっそり舌打ちし、かれらをパラライザーで麻痺させて引きずっていくべきかと考えた。が、すぐにためらう。この異人たちがどのような身分かも知らないのだ。おそらく、第三か第四階級ではなかろうか。そうだとしたら、かれらには市民防御システムが適用される……

チュルチは外に目をやった。爆発の土埃はおさまっていた。三人組については、影も見えない。まだ気絶しているのだろうか？　それとも、罠システムで殺されたか？　どちらにせよ……リスクは避けて、この高塔から出なければ。遅かれ早かれ、プシオニカーたちやゲリオクラートたちが群がってくるはず。

「三人組とはなにか？　ゲリオクラートとは？」アトランと名乗った異人がたずねた。

「あとで話します」と、チュルチは答えた。ある考えが浮かぶ。スタルセンで相手の身分を訊いたりするのは失礼にあたるのだが、率直にたずねることにした。「あなたがたの階級はなんですか？　第一階級市民、あるいはもっと高位ですか？」

異人たちはあらためて目を見かわしたが、アトランが、「やはり同じように階級のことをいっていたな。その質問に答えることはできない、チュルチ。われわれのいた場所では、そのような階級分けなどないのでね」

チュルチの心臓が高鳴った。大それた期待が実現したようだ。高地では、支配者もゲリオクラートもいないのだ。低い階級市民への抑圧もない！

「ついてきてください」と、略奪者はささやいた。

チュルチはゆっくりと外に出た。いつでも撃てるよう、パラライザーを両手にかまえる。高地人たちはかれの両脇にぴたりとついた。まだ機能している罠や殺傷機械に近づかないよう細心の注意をはらいつつ、カプセル爆弾で防御システムのなかに切り開いた安全な道へと異人たちを導いていく。

鼻をあげてにおいを嗅ぐが、風がない。空気をかきまわす大気渦もない。

クレーターのわきを過ぎたとき、チュルチはようやく安堵しはじめた。

「すぐ近くに、ピラミッドがひとつあって……」

そういいかけたとき、突然、なにもないところから炎の壁が立ちあがって、かれらのほうに向かってきた。あの三人組！　パイロキネシス攻撃だ！

チュルチは急に向きを変え、あやうくアトランを押し倒しそうになる。

「三人組の襲撃です！」そう叫んで駆けだそうとしたが、異人たちをどうするか……

「跳び乗ってください！　早く、わたしの背に！」と、せきたてた。

炎の舌が尻を焦がすが、すでにチュルチはふたりを乗せて駆けだしていた。背後で炎の壁が崩れ落ちる。そのかわりに前方に炎の柱が燃えあがった。五本、六本、七本。チュルチはふいに方向を転じ、プシオニカーたちのほうへ向かった。崩れた壁を跳びこえ、さらにわきへとターンしていく。一本だけのこっている金属柱の向こうになにか青い影が見えた。運を天にまかせ、パラライザーで一撃する。

チュルチの頭のなかに嘲笑が響いた。

同時に、前方や側方、あらゆる方向から火の壁が迫ってきた。はじける熱い炎で、こちらの逃走を阻止しようと脅かす。チュルチはしかたなく、立ちどまった。

「もうだめだ」と、息を切らす。「パイロキネスは、その気になればわれわれを焼き殺します。残念ですが」

「降伏せよ！」根っこに似たプシオニカーがきしむような声で呼びかけた。「さもなくば、殺すぞ」

「即座に」と、昆虫生物がぴいぴい声でいいたした。

「容赦なく」と、最後にヒューマノイドがしめくくる。

炎は消え、沸きたつような熱い空気のなかから三人組があらわれた。プシオニカー三名はじりじりと近づいてくる。目に見えない手がチュルチの両手からパラライザーを奪いとった。武器は宙を舞って、どこか土埃のなかに落ちた。

「興味深いな」と、アトラン。「テレキネシスにパイロキネシスか」

「それにテレパシー」と、チュルチが腹だたしげにつぶやく。「プシオニカー三名が、それぞれの能力を補完しあっているのです」

「あそこを！」と、サリクが叫んだ。「空に！　あれはなんだ？」

チュルチはわけがわからず空を見あげ、息をのんだ。遠くの廃墟の真上に白くぎらぎら光る球体が六つあらわれ、加速してこちらに接近してくる。

「ゲリオクラートです！」と、ささやいた。「都市搬送システムの輸送球に乗り……」

すぐにこちらに接近してきた。石ころのように地上に落ちてきたと思うと、衝突寸前に制動がかかり、光が消えた。

三人組はあわてふためいている。ヒューマノイド型プシオニカーが叫び声をあげた。

輸送球が着陸した場所には、武装した生物六名が立っていた。全員、同じ種族だ。

イルティピット種族だと、チュルチは判断する。ゲリオクラートだ。

かれらの背丈は、ほぼ二メートル。色鮮やかな羽毛におおわれた胴体を、コウノトリのようなひょろ長い赤い脚で支えている。背中には翼の痕跡が見てとれた。頸は白くて細長く、筋肉がない。その上に、同じく白い綿毛でおおわれたフットボール大の頭部があった。赤い嘴を持ち、両目は銀貨のようだ。チュルチは背にふたりを乗せたまま、ゲリオクラートと三人組のあいだに立っていた。けっしていいポジションとはいえない。気が重くなり、無意識に身を低くする。

しばらく沈黙が支配した。プシオニカーとゲリオクラートは、たがいに威嚇するように向かいあっている。チュルチは、まるで頭蓋にかけられた環がしだいにしめつけてくるような緊張が高まるのをおぼえた。アトランとジェン・サリクも同様に沈黙している。

そのとき、炎の壁がゲリオクラートの前に立ちあがった。だが、即座に市民防御システムが、光るバリアを張りめぐらせる。プシオニカーによるテレキネシス攻撃で地面が震動したが、防御バリアは持ちこたえた。

チュルチはなすすべもなくそれを見た。もうあきらめている。第一階級市民は、ゲリオクラートに太刀《たち》打《う》ちできない。この長命な統治者階級は、都市搬送システムならびに市民防御システムのおかげで、ほとんど敵なしなのだ。だが、背に乗っている高地人たちは、このなりゆきを冷静には見ていられないようで、

「大いなる銀河系よ！」と、アトランがささやいた。「どうしてきみは、なにもしようとしないのかね？　あの者たちが手をはなせなくなったいまこそ、われわれのチャンスではないか？　走れ、チュルチ！　だれもわれわれに関心を持っていない」

「無意味です」と、略奪者は抗弁する。「都市搬送システムがあるから、ゲリオクラー

トは、いつでもわれわれに追いついてしまう」

プシオニカー三名が退却して、瓦礫の山の陰に掩体《えんたい》をもとめるさまを、チュルチはじっと見つめていた。かれらが近くの閃光放射機の影響範囲に入るといいのに、と、一瞬思う。しかし、超能力者たちもその燃え殻の塊りが危険だとわかっているらしかった。

再度ゲリオクラートに炎を浴びせる。だが、防御バリアは苦もなくはねかえした。あれがゲリオクラートの力の秘密だ、と、チュルチは考えた。かれらは都市を味方につけている。三人組のパイロキネシス・テレキネシス攻撃に対して、都市がエネルギーを投入して防御してくれるし、輸送球でスタルセンのあらゆる場所に移動させてくれるのだ。都市はかれらを養い、武器を供給する。なぜか？　かれらが高位市民の第一子だから。それが唯一の功績なのだ。この権力は相続される。われわれ第一階級市民は、けっしてそのおこぼれにあずかれない……

ゲリオクラートはプシオニカーたちが掩体にしている瓦礫の山を、ビーム兵器で射撃した。瓦礫が燃えあがり、煙と化し、掩体のあいだに隙間が生じる。三人組はさらに後退。そのあいだにも、炎とテレキネシス攻撃がゲリオクラートのバリアに絶え間なくぶつかる。

チュルチは、異人ふたりがこの光景を見てどう思うのかと自問した。おそらく、ひどく混乱しているはず。

熱波が頭上を吹きぬけた。さらに、どこからともなく、炎の矢が頭上をかすめる。三人組だ！　かれらは、この戦闘に勝ち目がないと見て、訪問者がゲリオクラートの手に落ちるよりは抹殺すべしと考えたのだ。

チュルチは声をとどろかせてパッシヴ状態を脱し、駆けだした。ゲリオクラートに向けられた致命的な火の矢をかいくぐる。怒りの声が聞こえたが、執拗にかれを追って燃えあがる炎のとどろきが、ほかのすべての音をかき消した。チュルチは粉塵《ふんじん》のなかを突っ走っていく。背が燃えるように熱い。側方にコースを変え、うず高く積もった屑鉄の山を通りぬけていった。

「急げ！」と、アトランが叫んだ。「火が迫っている！」

チュルチは無我夢中で最後の力を振りしぼり、手近のピラミッドに向かって突進する。白く光る輸送球が頭の上をかすめすぎ、着陸して、廃墟への道をふさいだ。白光が消えて色あせていくエネルギー球から、ゲリオクラート一名が降りてきた。怒りのために羽毛が逆立っている。武器をにぎった手で威嚇してくる。

チュルチはふたたび方向転換した。目前で炎があがる。すんでのところで、側方に身を翻《ひるがえ》した。ゲリオクラートと並走しながら、高塔の方角に疾駆していく。警告射撃を受け、地面に穴があいた。さらに三人組のパイロキネスからの火柱が立ち、一面が炎の海と化す。熱で空気が揺らぐ。チュルチは火柱のあいだをジグザグに駆けぬけて、脱出口を探した。炎とゲリオクラートの射撃に追いたてられながら。

そのとき、落雷のような音がした。

あまりの轟音に、チュルチは頭がはじけるかと思う。ほんの数メートル先の壁の一部がはじけとび、破片が宙を舞っている。第二の落雷がきた。こんどはくすんだ黄金色の火花が見える。まるで、虚無から鍛冶屋の鉄槌が生じ、大地にうなりをあげて落ちたみたいだ。重力ハンマーが襲ってきて、地面が震動する。自分たちは重力罠の死のゾーンに踏みこんだのだ。

罠システムだ！　と、チュルチの頭をよぎった。

「すべての星々にかけて！」と、アトランの呼びかけが聞こえた。「脱出するぞ！」

その言葉が魔法の呪文のように働いたのか、次の瞬間、大気がかすかにきらめきはじめる。きらめきが白い光に変わった。都市搬送システムの輸送球の冷光だ。ここまではほんの一秒ほどしか経過しなかったが、チュルチ自身の時間感覚からすれば、それは引きのばされた一秒だった。ひとつひとつの出来ごとが、痛いほど明確に刻みこまれる。

冷たいエネルギー球が閉じられると、外界の騒乱も炎も遮断された。プシオンから生じた火が猛り狂ったように輸送球の外側をなめている。ゲリオクラートがなすすべを失って赤い嘴を大きく開け、なにかわからないことを叫んでいた。輸送球が上昇しはじめ、地面が足もとに沈んでいくような気がした。すぐに、深淵学校の高塔も瓦礫の海も玩具《おもちゃ》のようにちいさくなり、かれらはスタルセンの空へと加速していった。

この異人たちは都市搬送システムを制御できるのだ、と、チュルチはぼんやりと考えた。都市はかれらの思考命令にしたがうということ！　それはすなわち、かれらがすくなくとも第三階級市民に属するということではないか！

ならば、と、チュルチはひとりごちた。状況は根本的に変わるはず。

7

深淵学校をぐるりととりかこむスタルセンの中心部は、つねにカルク978の気をめいらせる。学校の建物群の崩壊は、居住地区の周縁部ばかりか、入り組んだ路地や中央地区の人口密集地にもおよんでいた。建物はグレイに汚れ、雲からの光があらゆるところに降りそそぐにもかかわらず、せまい通りまで永遠の薄闇が支配している。スタルセンの怪しげな連中にふさわしい環境だ、と、ゲリオクラートは思った。たいていの長寿者たちと同様、カルクもイルティピット種族だ。ひろくて調度のすくないその部屋を興奮して行きつもどりつすると、コウノトリのように細長い赤い脚がきしむような音をたてる。色鮮やかな羽毛は逆立ち、嘴はかたかた鳴った。まるで、小石の詰まったブリキ缶が強く振られたような音だ。

「わたしの責任ではありません」と、カルクは自己弁護する。「高地からきた異人ふたりが高位階級市民で、都市搬送システムを作動させられるなどと、予想できたはずがあるでしょうか？　わたしは……」

「かれらは市民ではない」と、フルナン2317が口をはさんだ。「外宇宙から深淵に押し入ってきた高地人だ。つまり、敵だな」

中央地区の統治者フルナン2317は、羽毛を逆立て、黄金色の立方体のスタルセン供給機のわきに立ち、カルクをにらみつけた。

「敵だ」と、くりかえす。「敵とはなにか、わかっているのか？」

カルクは激怒しそうになったが、すんでのところでおさえた。フルナンはかれよりずっと年長者だ。名前のあとについている数字でわかるとおり、深淵年で二千三百十七歳ということ。それだけに、その言葉は自然と重みがあった。年の功だとカルクは思い、〝経験は力なり〟というゲリオクラートの信条を引きあいに出す。だが、お笑いぐさだ。その信条が本当ならば、なぜ全ゲリオクラートの最高権力者で生命のドームに座する最長老が、このようなミスをおかすのか？　フルナンとカルクが高塔への侵入者たちをつかまえて、生命のドームへと連行しようとしたときに、その侵入者たちの階級すら伝えてこなかったのはなぜだ？

「よろしい」と、フルナンは甲高《かんだか》い声を張りあげた。「起きてしまったことは、しかたがない。事実に目を向け、解決策を見つけなければならん。その前に、深淵学校で起こったことの詳細を報告せよ」

「しかし、すでに話しましたぞ……」カルクが反論しようとすると、スタルセン中央地区の統治者はそれをさえぎった。

「あれでは役にたたん」と、非難する。「秩序だって進めなければな。きみは自分の無能さを隠蔽《いんぺい》したいようだが！　われわれ、この前の暗黒の時の直後に最長老から、高塔をよく見張るようにとの用命を受けた。なぜだ？」

「高地からの訪問者をつかまえるためです。最長老の言葉によれば、この深淵年に訪問者がスタルセンにやってくるとのことでした」カルクの羽毛が神経質に震えた。フルナンはわたしのことをおろか者あつかいしている！

「そのとおり」と、フルナン。「ここ数千年ではじめての高地からの訪問者だ。その意図も目的もわからない……ゆえにかれらは、ゲリオクラートにとって危険ということになる。ひょっとしたら、侵略者たちの先兵かもしれぬぞ！　いかようにも考えられる。最長老はこれを非常に重大な危機ととらえ、深淵学校周辺の二地区の統治者たちに頼って、その危機をのぞく任務をあたえたのだ。その統治者たちがわれわれだ」

「考えもしませんでしたな」と、カルクは皮肉をこめて喉を鳴らした。

フルナンは、とがめるようににらみかえした。

「いまはむだ話をしているときではない。われわれ、無能なところをさらした。最長老が無能者をどう思うかわかっているだろう。生命のドームに入るのを最長老から禁じられても、きみがそのように嘲笑していられるかどうか、疑問だな」

カルク978は縮みあがった。フルナンのいうとおりだ。ゲリオクラートの寿命はふつうの市民よりも二十倍も長いが、定期的に生命のドームを訪れることでその長寿を享受できるのだ。もしも、最長老の不興を買って、ドームへ入るのが許されなくなったら、余命いくばくもなくなる。次の深淵年がめぐってくれば、フルマンとカルクは急速な老化プロセスにおちいるだろう。肉体が衰え、死にいたる。

死ぬ！　と、カルクは考えた。深淵年で九百七十八年も生きたのに、ふつうの第一階級市民のように老い朽ちていくのか……ぞっとする。だが、ありえないことではない。異人たちを逃したことを、最長老がわれわれの責任としたなら、命とりだ。

フルナンは、ほっとしたような吐息をもらした。銀貨のような目が輝いている。

「どうやら、わかったようだな」と、うなずく。「さて……深淵学校でなにがあった？」

カルクは窓の外へ目をやった。

スタルセン中央地区の統治者の住居は、旧・深淵学校の周辺部にほど近い場所にあった。見わたすかぎり廃墟がひろがっている。埃と瓦礫が、雲におおわれた空に溶けていくように見える。その視野の果てに、黄金の高塔が色あせた点となって立っていた。フルナンの屋敷自体はグレイの複合材でできた半球形の建物で、地区の路地や家々や小屋とは高い壁で区切られている。壁の内側には武装した傭兵たちがうようよしていた。フルナンの雇った多様な種族の第一階級市民が、ゲリオクラートの委託を受けて、市の中心部の治安をまかされているのだ。

治安だと！ と、カルクは思った。フルナンなんて、自分の地区は他者まかせでなにひとつ考えていない。その傭兵たちにしても、略奪者が深淵学校の廃墟で探しだしてきたお宝の一部を分けてもらってよろこんでいる。

ふいに、カルクは窓に背を向け、報告をはじめた。

「われわれの最初の話しあいのあと、わたしはすぐに近接地区の統治者五名と連絡をとり、交替で深淵学校を監視することにしました。偶然わたしの番がきたときに、学校の建物群の中心で、高塔の上空の雲が裂けたのです。ただちにほかのゲリオクラートに警報を発し、われわれ、輸送球で高塔へと急行しました。そこに着いたときには、すでに深淵リフトが異人たちをおろしていました。しかし、そこにいたのはかれらだけではありませんでした」

そこですこし間をあけた。フルナンがスタルセン供給機の黄金色の箱の前に立ち、目を閉じて集中している。すぐに箱の上がかすかにきらめきはじめ、さまざまな穀物がいっぱいに盛られた鉢がふたつ出てきた。

いつものように、高位階級の市民が思考で望みを伝え、スタルセン供給機はそれをかなえたのだ。

カルクとフルマンにとっては、しごくふつうの行為だった。かれらは第四階級市民のゲリオクラートだ。生まれてからずっと、このスタルセン供給機の世話になっている。

カルクはフルナンから鉢を受けとり、穀物をいくつかつまむと、報告をつづけた。

「異人はふたりいました。ヒューマノイドでしたが、スタルセンにいる種族には属さない者たちです。かれらには一略奪者が同行していました。おそらく、あなたの統治地区の住民でしょう」カルクはチュルチの容貌を説明し、はっきりといった。「前にその男をあなたの屋敷で見たのをおぼえています……」

「そうか」と、フルマンがうなずく。「略奪者のチュルチだな。ここ二十年来、廃墟をうろつきまわっているのだ」

「略奪者と異人たちのほかに、べつの市民三名が塔の間近にいました。友愛団の三人組です」

フルナンは嘴をかたかた鳴らした。

「そうなると、プシオニカーの友愛団も同じように高地人の到来を知っていたにちがいない。あるいは、その三人組は偶然そこにいたのか?」

「いえ、まちがいなく異人をさらうつもりのようでした。われわれはすぐさま、かれらに攻撃をしかけました」カルクは放心したように、とくに大きな穀物をつまんだ。「異人たちは無階級との前提にもとづき、まずは三人組をどうにかすべきと判断したので」

フルナンはひゅうと息を吐いた。

「きみたちは、ふた手に別れるべきだったのだ。きみたちと三人組の戦闘にまぎれて異人たちが逃走することを、予想しておかなければならなかった」

「むろん、それも計算していました」と、カルクは弁解した。「ですが、いつでもつかまえられると思っていたのです。結局のところ、われわれが都市搬送システムの輸送球を使える一方、かれらは徒歩で逃げるわけですから」

「それがまちがいであったのだな」と、フルマンは嘴をはさんだ。

「そのとおりです。われわれ、三人組を追いはらいました。プシオニカーたちは勝ち目がないと悟り、自暴自棄となって異人たちに攻撃をはじめたのです。わがほうの手に落ちるくらいなら、明らかに殺してしまおうとして」カルクは羽毛を逆立ててみせた。「しかし、その時点でチュルチと両異人はすでに逃走を開始したのです。三人組のなかのパイロキネスが火炎で攻撃する一方、こちらはかれらを追跡しました。そして……」

ゲリオクラートは一瞬、沈黙した。

「そして、チュルチと異人たちのすぐそばに、一輪送球が実体化したわけです。一瞬ののち、かれらはその輸送球で町の方角に消えました」

しばらくのあいだ沈黙がつづいた。

ゲリオクラート二名は、たがいに顔を見あわせた。

フルナンがようやく沈黙を破る。

「不首尾に終わったが、なにも得なかったわけではない」と、総括する。「いくつかの貴重な情報を手にしたのだ」

たしかにそうだと、カルクも思う。たとえば、最長老が全知ではないという情報だ。さもなくば、訪問者たちが都市搬送システムを作動させられることを、最長老はわれわれに警告していただろう。そうしたら、異人たちを無階級だと信じこむこともなかったのに……だが、カルクはなにもいわなかった。

「まずは、友愛団が異人に関心を持っていることがわかった」と、フルナンはつづけた。「プシオニカーの友愛団がどこからかれらの到着を知ったのかは、ここにいたっては重要ではない」

「重要ではないですと？」カルクは驚いた。「まったく正反対です！　三人組は異人を待ち伏せしていたのですぞ。異人がくるのを、到着以前から知っていたのです。おかしいと思いませんか？　何千年も高地とは接触がなかったのに！　高地は神話にすぎなかったのです。最長老がわれわれに異人たちを捕らえろと指示したときでさえ、わたしには、おとぎ話のような場所から訪問者がくるなどとは信じられなかった。あのヒューマノイド二名をこの目で見て、はじめて納得したくらいです。

しかし、最長老はこの深淵年のはじめには、すでにそのことを知らされていた！　どこから知らされたのか？　だれがそれを告げたのか？　そして、どのように友愛団がそれを耳にしたのか？」カルクは身ぶりをまじえて、「それがもっとも重要なポイントだと、わたしは答えます……もし、問われるなら」

「だれも問わない」と、フルナンが意地悪く目を光らせながらいいかえした。「きみにとってなにが重要なポイントかなど、まったくどうでもよろしい。問題は最長老がこの事件をどう考えるかだ」

カルクはかすかに落胆のうめき声をもらす。もちろん、フルナンのいうとおりだ。生命のドームに参じたら、最長老にこの失態をもっともらしく弁解しなければならない。そうしなければ、罷免《ひめん》されるだろう。

「第二の問題にうつろう」と、フルナン。「高地からきた異人ふたりは、予想に反して無階級ではなかった。かれら、都市搬送システムを使用することができた。ならば、第三階級市民ということだ」

カルクもうなずく。

「第三階級なら、都市搬送システムと市民防御システムを制御できます」

「だが、ひょっとするとさらに一ランク高いのでは」と、フルナンは慎重な口ぶりでつづけた。「おそらく、第四階級だろう」

「すると……ゲリオクラートだというのですか？　われわれのような？」カルクは驚い

た。

中央地区の統治者は高笑いした。

「〝われわれ〟とは違う。第四階級とはつまり、スタルセン供給機と都市搬送システムならびに市民防御システムのほか、長寿の特権を享受できる市民のことだ。しかし、そのかわり、細胞活性化のために定期的に生命のドームに参じなければならん。そうしてこそ、ゲリオクラートになれるわけだ。長寿者組織の一員に……」

カルクはいらだって、頭をぐらぐら揺らした。フルナンはわかりきったことを講釈している。スタルセンの市民ならだれでもそんなことは承知しているのだ。

「わたしのいいたいことがわからんかね？」と、フルマンがかすれ声をあげた。「あの異人たちが第四階級の者だとしたら、遅かれ早かれ生命のドームへ行くことになる。寿命をのばそうと思ったら、ほかに選択肢はあるまい。それでわれわれの目的も達成されるというもの」と、上機嫌でつけくわえる。「異人たちをゲリオクラートの組織に入れ、こちらにとりこむのだ。高地人の脅威をとりのぞくのに、かれらをゲリオクラートにする以上にいい方法があるか？」

カルクは懐疑的だった。

「ひとつ重要な点を見すごしているのでは。太古以来きょうまで、高位市民の数は減少しつづけています。両親の階級を受け継ぐのは第一子のみ。第二子以下は第一階級市民となり、スタルセン供給機に近づくことも、都市搬送システムならびに市民防御システムを使うこともなく、長寿の特権も持たないわけです。異人ふたりの到来ではじめて、高位市民の数が増えることになります」

「なにがいいたいのかね？」

「治安維持への脅威となるかと」と、カルク。「階級支配制は、出生とともに獲得した地位を運命的なものとみなすことを前提にしています。第一階級市民はみな、自分の階級が変えられないとわかっている。しかし、突然あの異人ふたりがあらわれたのです。スタルセンで生まれたのではない高地人なのに、システムはかれらの思考命令に反応した。かれらは都市搬送システムを使いました。第三階級市民に付与されている特権を！　スタルセン生まれでないかれらが、どのようにして、その特権を手に入れたのでしょうか？　ひょっとして、階級というものは生まれなどとはまったく無関係ではないのか？　あとになってから階級をあげることも可能なのではないか……」

フルナンは驚いて相手を見つめた。

「きみは、第一階級市民が自分たちの宿命に反抗するとでも思っているのかね？　将来、かれらが階級支配の正当性を疑うようになると？　つまり、市民の反乱をおそれているわけか？」

カルクはうなずいた。

「このニュースがひろがったら、第一階級市民たちは異人のもとに殺到するでしょう」と、暗い予感を語った。「そして、かれらの階級があがった秘密を教えてくれと迫るはず。騒乱がはじまり、反乱にもつながっていくでしょう」

「だが……」と、フルナンは興奮して羽毛を逆立てた。「たぶん高地にも階級支配の原理はあるのかもしれない。向こうでも、市民たちは出生によって自動的に階級を分けられるのでは」

「そうなると、さらに悪いことになります」カルクは声を張りあげた。「あの異人ふたりにつづいて高い階級を持つ侵入者がやってきたら、われわれスタルセンの統治者階級は少数派となるでしょう。その可能性のほうがずっと恐ろしい」と、ぴいぴいいう。

ゲリオクラート二名はしばらく黙りこんだ。

「われわれ、生命のドームへ行かなければ」と、フルナン。「最長老に報告して、決断を仰ぐのだ」

「考えられる決断はひとつ」と、カルク。「異人たちを可及的すみやかに探しだし、無害化しなければなりません。かれらをゲリオクラートにとりこむか、抹殺してしまうかです」

カルクには、フルナンに告げていないことがさらにあった。最長老にもこのことは話さないだろう。あの異人たちの顔を見て、べつの者を思いだしたのだ。鋼の支配者のことを……

思わず身震いした。

鋼の支配者がスタルセンに出現してから、深淵年で五年たつ。これまで、面と向かいあった者はだれひとりいないが、数えきれない市民がかれの顔を見た。ホログラムとして、町のすべてのスタルセン供給機の上にあらわれたのだ。その顔つきが、高地からきたあのふたりとよく似ていた。

もしかして、と、カルクは思う。ふたりはあの鋼の支配者と同種族なのか。鋼の支配者も同じように高地からきたのかもしれない……一般に信じられているように、都市外壁の向こうにある深淵からではなく。いまは町のはずれに居住して、兵士たちを各地区に散らし、出会った市民をみなさらっているが。

鋼の支配者……

かれが本当に高地の者ならいいのに、と、カルクは願うような気持ちだった。というのも、かれが深淵からきたのであれば、こえられない都市外壁をこえてくる唯一の道を使ったことになるから。転送ゲートだ。この転送ゲートは、伝説によれば、第五階級の市民しか作動できないという。

カルクは深く息をついた。鋼の支配者のことは頭から振りはらう。高地からの異人たちのことが、目下の最重要課題だった。

「行きましょう」と、フルマンに声をかける。「準備はできています」二名はともに部屋を出て、中央地区の統治者は同意をあらわす笛のような音を出した。家の屋上に行く。

カルクは周囲を見まわした。

深淵学校敷地の廃墟地区が何千年も変わらないまま、グレイの埃にまみれてかれらの前にひろがっていた。両方向にせまい通りが入り乱れ、いかにも中央地区らしい風景だ。さまざまな様式と大きさの高層建築のあいだの薄暗い路地。巨大な棺のような窓のない四角い建物の隣りに、道行く市民の日々の暮らしを観察できるように設計されたらしい繊細なガラス建築があったりする。鉄のようにかたいブルーグレイの複合材でできた入れ子細工状の城壁が、土砂《どしゃ》と瓦礫の丘に見える構造物に沿うようにしてつづいていた。そのあたりは目の見えない青白い生物たちのねぐらになっている。そこに、塔が一本そびえていた……深淵学校の高塔にならって建造されたものだが、色は、暗黒の時と呼ばれる夜の闇のように真っ黒だ。そのまわりは、羊皮紙のように薄い幌でつくられたテント群にかこまれていた。

建物間のせまい通りには、あらゆる種族の代表者がひしめいていた。市の中心で生まれたり、またはスタルセンのほかの地区から中心へ流れこんできた第一階級市民たちだ。深淵学校敷地の土埃のなかに埋まっているといわれる伝説の財宝に引きつけられて。

高所からは、かれらはまるで昆虫のように見えた。カルク978やフルマン2317にとっても、ほかの統治者階級にとっても、昆虫以上のものではない。路地や裏庭のごみのあいだで黄金色に輝いているスタルセン供給機のうち、第一階級市民の思考命令に反応するものはひとつもなかった。かれらのなかのだれとして、メンタル力で市民防御システムを作動させ、一瞬でエネルギー・バリアを張って攻撃から逃れたりできる者はいない。輸送球で音より速く空中を移動することもなく、生命のドームからも閉めだされている。

それが一般市民と統治者階級の違いだと、カルクは考えていた。市民たちは都市で暮らしているが、その都市は統治者階級たちに奉仕しているのだ。

「いいか？」と、フルナンがたずねてよこす。

カルクは嘴を鳴らして応じた。それから、眼前に輸送球の映像があらわれるまで、精神集中する。目を開けたときには、周囲で空気がきらめいていた。きらめきは強まり、フォーム・エネルギーの白い球に変わり、シャボン玉のようにゲリオクラートたちをとりかこんだ。

生命のドームへ！　と、カルクは念じ、同時に巨大な半球形の建物を心に思い浮かべた。スタルセン供給機と同じく黄金色に輝いて、ほぼ四百メートルの高さにそびえる建物を。ドームをとりまく鋸歯《きょし》状の金属壁や、中庭の柵を。そこにはスタルセンの全地区から捕虜が収容され、それをゲリオクラートの隷属民たちが見張っている。

輸送球は上昇を開始した。中央地区と旧・深淵学校の廃墟が数秒のうちに玩具のようにちいさくなった。

カルクが頭をめぐらすと、すぐ隣りにフルナンの輸送球が見えた。

かれらはスタルセンの上空をならんで飛行し、黄金のドームに接近していった。そこで、ゲリオクラートの最長老がかれらを待っている。

8

虚無から突然あらわれた白熱の球体は、深淵学校からはなれた一地区でアトランとジェン・サリクとチュルチを降ろすと、ふたたび消えた。

奇蹟だ！　と、アトランは思ったが、たちまち付帯脳の論理セクターに訂正される。

〈奇蹟などではなく、高度に発達した技術の成果にすぎない。遠距離投影のフォーム・エネルギーと思考制御技術にもとづく輸送システムだ〉

アトランはいま、バルコニーの手すりにもたれていた。そのバルコニーは、黒い石でできた無人の建物の正面に、厚ぼったい下唇のように張りだしている。周囲は荒れはてた公園だ。テラやそれに似た惑星で見慣れた花も藪も樹木もない。クリスタル苔《ごけ》のクッションと錆びついた金属製の棒状構造物のあいだに、ガラスの柱が林立しているだけ。

公園の向こうには、朱色やロイヤルブルーやサフラン色の珊瑚礁がある……海底の水が突然に干あがったかのようだ。そのいくつかは高さ百メートルをこえ、一部はつながりあい、珊瑚礁のあいだの通路を怪しげな切り通しに変えていた。えたいのしれない無数の生物たちが、一匹で、あるいは群れをなして空を舞い、切り通しから飛び立ったり、珊瑚礁に口を開いている洞窟へと消えたりする。

この地区の住民は魚類に似ていた。青やグリーンの鱗がある胴体とハンマーのような頭を持ち、鱗のついた翼がある。アトランは思わずコウモリを連想した。光の加減や、遠くからでは判断しかねるが、この飛翔生物は、テラの子供よりも大きくはなさそうだった。

U字形の珊瑚礁にかこまれた遠景の向こうには、雲の光を反射して湖がきらめいている。

あの飛翔生物たちは、自分たちの到着に気づいていないのかと、アトランは自問する。あるいは、意識的に見て見ぬふりをしているのか。

〈時がくれば答えが見つかるはず〉と、付帯脳が分別を見せる。

アトランはため息を押し殺し、踵を返して、屋内にもどった。

無人の建物は、この風景には似つかわしくなかった。長く伸びた色鮮やかな珊瑚礁のなか、真っ黒な木材でできている。バルコニーのついた部屋は天井が低く、アトランが天井に頭をぶつけずにやっと背を伸ばしていられるほど。一辺が一メートルほどの黄金色の立方体をのぞけば、室内にはなにもなかった。

スタルセン供給機だな、と、アトランは思った。

珊瑚でできた外の迷路には、一ダース以上ものスタルセン供給機があった。チュルチがいうには、町全体に数百万個はあるはずだという。

チュルチ……

アトランは略奪者のほうに目をやった。金色の巨大ハムスターを思わせる。とはいえ、どんな比較でもそうだが、見れば見るほど、近くで観察して相対化しなければならない。白いふさふさした毛皮の下にはコンパクトな筋肉組織があり、六本のたくましい脚のほかに、頭の下にある短くがっしりとした頸から一対の腕が生えている。

チュルチは黒っぽいむきだしの床の上で食事をしていた。見慣れない野菜類や、強烈なシナモンの香りがする粥《かゆ》、大きなジョッキの泡立つ飲み物一杯からなる食事だ。

ジェン・サリクが、友のためにスタルセン供給機から実体化させたもの。

サリクはまるでちいさな子供が新しい玩具に夢中になるように、黄金色の立方体にとりくんでいた。目を閉じて、集中する顔になる。

すると突然、供給機の上の空気がきらめきだし、そのなかからグリーンの飲料が入ったボトルがあらわれた。

「アブラカダブラ！」と、アトランがつぶやく。「ヴルグツか。酔いつぶれたいのかね？」

サリクはかぶりを振って、指をはじいた。すると、ボトルは消えた。

「実験してみただけですよ」と、弁解する。「ようやく、この供給機がどのようにして機能するかわかりました。プロセス自体はかなりかんたんに説明可能です。利用者の意識内容から物質の分子構造を引きだして、エネルギーをその物質に転換する。それがまさに、重要ポイントなのです」そこで満足げにほほえむ。

アトランは眉をあげた。

「つまり、どういうことだ……？」

「つまり、スタルセン供給機がヴルグツを出せたのは、わたしの意識のなかにこの飲料の色や味や酒としての作用のほか、ええと、ボトルの材質などがデータとして保管されていたからにほかなりません。言葉を換えると、わたしが生涯ヴルグツなんか飲んだことがなければ、スタルセン供給機がわたしの要求を満たすのは不可能ということ」

アトランは食事に夢中のチュルチを指さして、いった。

「では、あれをどう説明するかね？　あるいはきみは、われわれの友の食事をすでに食べてみたことがあったのか？　前世で、地球外に住む巨大ハムスターだったときに」

「しごく単純な話ですよ」サリクは大笑いして、「スタルセン供給機が要求に応じて物質化するものの構造はすべて、どこかに記録されているのです。おそらく、中央コンピュータに。チュルチが生の野菜を食べるといったので、わたしはそれを手がかりにイメージをつくった。その思考イメージが、すでに記録されている物質の構造と合致したわけで……すくなくとも、チュルチはよろこんでいますよね？」

チュルチは食べ物をかみながら、こちらを見あげ、

「とてもおいしいです、ジェン・サリク」と、請けあった。「前の暗黒の時からずっとこのかた、これ以上のものは口にしたことがない。ずっとこいつにありつけるなら、一生あなたがたの家来でいたいほどですよ」

「それはけっこうなことだ！」と、サリクもうなずく。「ぜいたくな時代のはじまりだな。乳と蜜の流れる地というわけだ。ぜひとも補給を切らさんようにするよ」

乳と蜜の流れる地か、と、アトランは思う。ただし、それは万人のものではない。高い階級の者たちだけのものだ。

ジェン・サリクはまたスタルセン供給機に向かい、集中した。今回はグラスがふたつ、立方体の上部に出現した。

「シャンパンです」と、サリク。「深淵の権力者たちからの奇蹟的脱出を祝って」

サリクがグラスをアトランにさしだし、ふたりは乾杯をした。

「椅子がほしいですね」と、サリクがつぶやく。「快適なサーボ・シートが」

あらためて、瞬時、精神集中する。すると、なにもないスタルセン供給機のそばに、シートが二脚とテーブルがひとつあらわれた。アトランは目を疑った。コンピュータの

コンソールに見せかけたバア・カウンターではないか。

「ここは楽園だと答えますよ、もし問われれば」と、サリクはシートに腰をしずめながらにやりと笑った。

「多くの者には地獄だろうがね」と、アトランがつぶやく。腰をおろし、瞑目して、チュルチが話したスタルセンの惨状を思いだしていた。

町には数百、数千もの多様な種族が、それぞれ遮断された地区に分かれて居住している。旧・深淵学校と都市外壁にかこまれた中央地区だけが、この厳格な種族分離の埒外だった。町の中心部とその周辺は……おそらくなにか歴史の流れによって……スタルセンのすべての市民に開放されている。しかし、時の流れとともに混沌のるつぼと化し、数知れぬ種族や個人がひしめきあうことになったという。

スタルセンの市民は明らかに、時空エンジニアの協力者として深淵にやってきた者たちの子孫だ。のちの任務にそなえて深淵学校で学んでいた者たちである。高地すなわちアインシュタイン宇宙とのコンタクトがとだえたとき、スタルセンもまた深淵から遮断されたのだ。都市外壁にある転送ゲートが深淵の地への唯一の通行手段だったのだが、それも同様に機能を停止した。

歴史的背景に関わるチュルチの知識は漠然としたものにすぎなかった。あまりにも長い時が流れ、本当の経緯はますます忘却のかなたにのみこまれてしまった。いまでは、高地も深淵の地も神話でしかなくなっている。古物をあさる略奪者として、スタルセンのたいていの住民よりも過去に向きあってきたチュルチでさえ、高地などはただの伝説でしかないと信じこんでいた。アトランとサリクの出現によって目を開かれるまでは。

転送ゲートの機能停止以後、スタルセンに〝孤立〟の時代がはじまったという。アトランの計算では数万年になるだろう。この完全な孤立状態が、これ以上は考えられないほどグロテスクで、硬直しきった抑圧的な社会を生じさせたのだ。

なにかしらのメカニズムが働いた結果、市民はその出生時に階級分けされることになった。その階級は……だれがどのように決めるにせよ……生涯を通してそのままつづく。変更があるとしても、せいぜい下の階級に落とされるくらいのものだ。この身分制度は両親の階級によって決まる。とはいえ、両親と同じ階級を享受できるのは第一子だけで、ほかの子供たちは自動的に最下級の階級しかあたえられない。すなわち第一階級市民だ。

第一階級の市民たちはまったく特権というものを持てない。かれらの階級に付与されるのは、ただスタルセンに居住できるということだけ。

その階級さえない者たちはどうなるのだろう、と、アトランは思わず自問した。しかし、それをチュルチに訊いてみたとき、かれは驚いて怪訝《けげん》そうな顔をしただけだった。どうやら、第一階級より下位の者はいないようだ。

第一階級の上にあたる第二階級市民は、スタルセン供給機から規定どおりのものしか受けとれない。食糧、日用品、技術機器ぐらいのもの。だが、その量は制限されている。とはいえ、それは百名の市民を養うのに充分な数量だった。高位の市民が第一階級のなかから使用人を徴募する制度のことは〝隷属民〟と呼ばれている。隷属民になれば、統治者がスタルセン供給機によって物質化させたものが現物支給のかたちであたえられる。

さらに上の階層は第三階級市民だ。この階級の市民は、数十名の隷属民を物資で養えるほか、スタルセン供給機と同じく画期的なふたつの都市機能を使用できた。都市搬送システムと市民防御システムである。都市搬送というのは、思考命令でフォーム・エネルギーから輸送球を物質化させ、市内の好きな場所へ運んでもらうシステム。市民防御システムというのは個体バリアで、すこしのあいだ、エネルギー・フィールドが展開される。鳥型種族が高塔でプシオニカーたちの攻撃を防御したときのように。

階級制度の頂点に君臨するのは第四階級市民だ。スタルセンの実質的権力者で、統治者としてそれぞれの地区を掌握《しょうあく》している。第四階級市民は、その地位により長寿を約束されていた。この長寿の統治者たちがゲリオクラートとして同盟を結んでいるのだ。かれらの本部は生命のドームと呼ばれる建物にある。

ゲリオクラートたちは都市の支配者だ。アトランとジェン・サリクが、スタルセン到着後、すぐに経験したように、かれらは自分たちの地位を揺るがす者の存在を認めない。チュルチによれば、ほとんどのゲリオクラートはイルティピットだという……もしかすると、全員そうかもしれない。輸送球で突然に深淵学校の高塔に出現した、あの鳥型種族だ。

アトランはこの階級社会組織について考えるほどに、これには堕落が関係しているという確信を深めていった。その堕落により、高度に発達した市民サービス設備が権力ファクターになってしまったのだ。おそらく、孤立の時代の以前には、すべての市民がスタルセン供給機やそのほか都市搬送システムのような設備を利用できたはず……

アルコン人はため息をついた。

最終的判断をくだすには、あまりにも情報がすくない。チュルチもたいして助けにはなるまい。ほかのすべての市民同様、この階級制度はかれにとってはあたりまえのことなのだ。空気や、深淵年や、暗黒の時と同じく。

どのように階級制度が機能しているのか、スタルセン供給機が資格を持つ市民をどうやって特定するのか、それは頭を悩ませなくてもわかる。

おそらく、町じゅうを満たしているプシオン・フィールドにより、各市民に特定のマークがつけられるのだ。

恒星が存在しないことも、深淵年という時間概念も、やはりスタルセンの住民にとってはあたりまえのこと。アトランはチュルチにあれこれ質問し、論理セクターの分析力を借りて比較した結果、一深淵年がテラの三ヵ月にあたると判断した。深淵年は暗黒の時という区切りによって分けられる。空が暗くなってスタルセンに夜が訪れるときが、五時間ほど持続するのだ。

この世界は異質だ、と、アトランはつぶやく。自分がこれまでの人生で見てきたすべてのものよりも。とはいえ、ここは本来の深淵の地の些細《ささい》な一部分にすぎない！　すべての星々にかけて、われわれが都市外壁をこえて深淵のなかに入ったら、なにが待ち受けていることやら……？

それはまだ先のことだが。

思考はゲリオクラートたちのことにもどっていった。スタルセンの権力者たちは、深淵リフトがおりてくるのを偶然に察知したのか、それともそれより以前に到着を知らされていたのか。だが、だれが知らせたのだ？　ドルル・ドルレンソトか？　ありそうもない。すくなくとも、ゲリオクラートがこちらの敵であることはわかった。あの長寿者たちの力による支配について耳にしたことを考えれば、不思議ではない。

ゲリオクラートたちにとっては、いかなる階級変更も、自分たちの支配が脅かされることとなる。とりわけ、その変更が、神話的存在の高地からきた訪問者ふたりによるものだとなれば……

アトランの思考は、ゲリオクラートにつづいて、この町の第二の勢力たる友愛団、すなわちプシオニカーの団体にうつった。この団体は超能力を持つ第一階級市民の集まりだ。公衆の前では、つねに三名ひと組で行動するという。

深淵学校で出会った三人組との経緯から、友愛団が充分に信用できるとは思えなかった。それに、チュルチがいうには、友愛団はかれらの仲間に入ろうとしない超能力者には暴力を行使することも辞さないという。

まともな団体とはいえまい。しかし、ゲリオクラートと友愛団との対立は利用できるかもしれない……

チュルチの声がアトランの思考を破った。

「あなたがたが実際にはどの階級なのか、聞かせてください」と、略奪者。

「都市搬送システムを使用できたのだから、第三階級にちがいないだろう」アトランはなにげなく答え、心のなかでつけくわえた……どうして都市が自分たちをそう格づけしたのかは、星々のみが知るところだが。

「ひょっとして、第四階級市民かもしれません」と、チュルチが喉を鳴らした。「長寿の特権を得られるゲリオクラートということ」

アトランは思わず自分のコンビネーションの白い生地の下にかくれた細胞活性装置に手を触れた。

「どうしたら、われわれ、それをたしかめられるのかね？」と、サリクが口をはさんだ。

「ゲリオクラートの生命のドームに行けばわかります」と、チュルチ。「つまり、長寿の特権を授けられるのはそこだけですから」

「生命のドームか」サリクがうなった。「用心するにこしたことはないな」

「でも、ひょっとして」と、チュルチは声をひそめた。「あなたがたは鋼の支配者と同じで第五階級市民かも……だったら。転送ゲートを開くことが可能です」

鋼の支配者か、と、アトランは考えた。その名はすでに一度チュルチから聞いていた。深淵年で五年前……すなわちテラでの十五カ月前だから、NGZ四二七年の四月ぐらい……何千年も作動していなかった転送ゲートのひとつが突然に動きだし、鋼の支配者と名乗る人物が町のはずれにあらわれたというのだ。深淵の地の者か？　転送機を実際に利用したのか？　あるいは、それは噂にすぎず、マスメディアの誤報をどこか町の辺境地区の者が流しただけなのか？

チュルチを問いただそうとしたとき、略奪者はふいに立ちあがって、息を荒らげた。

「気をつけて」と、低くうなる。「だれかきます！」

バルコニーの向かいのドアがぎしぎしとこすれる音をたて、ひとつの影があらわれた。侵入者は八階建ての建物の各階をつなぐらせん階段をのぼって近づいてくると、大胆不敵に部屋に踏みこんできた。ヒューマノイドだ。

痩《や》せて背が高い。てのひら大の深紅の鱗をつなぎあわせたようなコンビネーションを着用し、動くたびにかさかさ音がする。コンビネーションから見えているのは、腕ほどの長さの深紅の頸と、同じ色のひどくほっそりした顔だけ。目はない。顔には虹色に光る感覚器官があばたのようにひろがり、人間なら額にあたる場所にむらさき色の唇の大きな口がある。長い腕には関節がふたつ見てとれた。革に似た黒い素材でできた手袋を両手にはめている。どうやら指四本とおや指二本があるようだ。

異人は武装していなかった。

アトランとジェン・サリクは緊張をゆるめた。チュルチが威嚇するように前に出て、「なんの用だ?」と、どなりつける。

「わたしは使者。この地区の統治者たる第三階級市民、オル・オン・ノゴンの隷属民だ」と、異人は低い声を震わせた。虹色の感覚器官が暗くなる。「わたしの主人は、見知らぬ市民が輸送球で領地にあらわれたという報告を受け、その市民たちが当然の表敬訪問をしてこないことに驚愕している。いずれにせよ、このメイカテンダー地区はわたしの主人の領地だ。主人に対して、未知の高位市民が訪問の理由を告げなければ、客人として保護を受ける権利を損なうことになる。主人は、あなたがたがこちらに敬意をはらうか、または、この地域からすみやかに退去するかのいずれかを望んでいる」

使者はそこで黙った。

ほかのすべてのスタルセン市民と同じく、かれもまた変わった感じの、古めかしく聞こえるアルマダ共通語を話す。

「かれのいうとおりです」と、チュルチがアトランとサリクに、「気がつかなくてすみませんでした。当然のことです。この地区の統治者があなたがたの到着を知れば、自分の支配権への脅威と受けとるでしょう……」

「そのとおりだ」と、使者はうなずく。「要求に応じるか？」

アトランとサリクは目くばせしあった。

「きみの主人が要求する表敬訪問をしたら、そのあとは？」と、アトランが問う。

「そのあとは、当地を出ていくのが礼儀というもの」と、使者。「わたしの主人があなたがたを客人として迎えたいといわないかぎりは」

「そういうだろうか？」と、サリク。

「その可能性は低い」使者の感覚器官がふたたび光った。「わたしの主人は、あなたがたの侵入に対してひどく腹をたてている」

「ありていにいえば」と、アトランが断言した。「いずれにせよ、われわれがここから立ち去ることを望んでいるのだな」

「そのとおりだ」

「で、そうしなかったら？」

「主人はあなたがたに実力行使するはず」使者は動揺したようにからだを揺すった。

「ここは快適なのだがね」サリクは自分のソファに背をもたせかけて、「じつに気分がいい。出ていくなど考えたくもない」

〈そのとおりだ〉と、付帯脳がささやいた。〈べつの地区へ行っても同じ目にあうぞ。それに、ノゴンとかいう者は第三階級市民で、ゲリオクラートではない。相手の挑発に乗って、ひと泡吹かせてやったらどうだ。それで、まず最初の橋頭堡《きょうとうほ》が築けるかもしれん〉

「われわれ、ここを動かんぞ」アトランは声に出した。「きみの主人にいってやれ、こっちこそおまえを領地から追いだしてやるとな。すぐに立ち去るがいい」

使者は混乱したと見えて、なお数秒のあいだ硬直したようにその場にかたまっていたが、すぐに逃げるように部屋から出ていった。

「頭がおかしくなったのですか!」と、チュルチが声を張りあげた。「ノゴンのような第三階級市民なら、隷属民を千名はかかえています。それに、ゲリオクラートたちがこのことを耳にしたらどうするので? あるいは友愛団が?」

「われわれ、ここに永遠にかくれてなどいられんよ」と、アトラン。「見たところ、どこの地区に行っても同じことのようだ。おそらく、隣りの地区はゲリオクラートの支配下だろう」

「統治者のほとんどはゲリオクラートです」と、チュルチも認める。「ノゴンのような第三階級市民は、ゲリオクラートがしぶしぶ認めてちっぽけなとるにたらない領地を統治させているだけ。で、長寿者たちに貢ぎ物をおさめるのですが……それにしても！われわれは三名ですが、ノゴンは千名もの傭兵を送りこんできますよ。じきに、このあたりにやつらがうじゃうじゃと……」

「われわれ、市民防御システムを使用できるのではないのかね？」と、サリクが口をはさんだ。

「それだとて無敵とはいえません」と、チュルチが警告する。「ノゴンの軍勢に対抗するには、あなたがたも傭兵が必要だ。なにより、本当にこの地区を制圧する気なら」

「なるほど、リスクはあるな」と、ジェン・サリクはつぶやき、考えこんだ。「われわれ、スタルセンの勢力バランスをよく知らない。ことを起こす前に、もっと情報を集めるべきだな……」

「だめだ」と、アトランが言下にしりぞける。「勢力バランスを知るうえでもっとも迅速かつ確実な道は、まず力を行使すること。長引かせるのは誤りだ。われわれ、まだ不意を突くことができる。ゲリオクラートたちがあれこれ策をめぐらしているのはまちがいないが、われわれが攻撃に出ることは予想だにしていないだろう」

ジェン・サリクは一瞬ためらっていたが、最後はうなずいてみせた。

「あなたのいうとおりですね」と、深淵の騎士はいった。「いまはまだ、ゲリオクラートにとって、こちらは無力な侵入者でしかありません。いずれは自分たちの手に落ちる餌食と考えている。かれらが思っているほど無力でないことを思い知らせてやりましょう。こちらに畏怖の念を起こさせるのが早いほど、安全は確実となるはず」

「それこそ、真の騎士魂というもの！」と、アトランは讃辞に皮肉をこめる。

「なにがなんだかわからない」チュルチが愚痴をこぼす。「いったいどうすれば……」

「賽《さい》は投げられたのだ」と、アルコン人。「われわれ、オル・オン・ノゴンとやらに戦いをしかけ、かれとその隷属民たちをこの地区から追いはらい、住民たちを階級支配から解放する」

「いともかんたんそうに聞こえますが。本当に」と、サリクがつぶやく。

「実際、かんたんだ」と、アトランは譲らない。「きみは、かつて偉大なるアルコン帝国艦隊をひきいた政務大提督と行動をともにしていることを忘れているぞ。わたしはペリー・ローダンともに、アンドロメダ星雲を島の王たちから解放した。一銀河全体とくらべたら、こんなちっぽけな一地区など、なにほどのことがある？」

「あなたとペリー・ローダンのふたりだけでアンドロメダ銀河を解放したのですか？」

と、サリクが訊きかえす。

「ほかに料理人がいたな」と、アトラン。「だが、戦闘にはくわわらなかった」

チュルチがとほうにくれて交互にふたりを見つめている。

「まず最初のポイントに話をしぼろう」と、アトランはつづけた。「どのような勝利も、よく機能する情報機関が前提となる。われわれ、知っておかなければならん……このノゴンがどういう者でどこに住んでいるか、隷属民をどれほど持っているか、ひどい苦境に立たされた場合に味方となってくれる統治者がほかにいるのか。煎《せん》じつめれば、敵の戦闘能力を探りだす密偵が必要だ」

「わたしにその役をやれというのですね？」ジェン・サリクが唇をかみしめた。

「そのとおり」と、アルコン人はうなずいた。「危険に瀕したら、市民防御システムが守ってくれるだろう。あるいは、輸送球で安全地帯に逃れることもできる。まずもって、きみがいちばんリスクのないスパイだと思うがね」

「罠の危険もありますが……」と、サリクは反論する。

「では、両の目をしっかり開けておくのだな」と、アトランが忠告する。「いずれにせよ、きみは天才なのだ。そのことは請けあうよ」

「わかりました」深淵の騎士はため息をついた。「で、わたしがからだを張っているときに、あなたはなにをするのです？」

「われらの忠実な友チュルチとともに、恐れを知らぬ戦士たちを探しにいくのだ」と、言下にいう。「そして、傭兵の大軍勢を連れてもどってくる」

「まにあうことを祈りますよ」と、サリクはチュルチの横腹の白い毛皮を軽くたたいて、「この勇ましい大提督に気をつけていてくれ、チュルチ。過去の戦闘の日々を思いだして暴走するかもしれない。で、アルコン人、作戦行動はいつはじめるのです?」

「いまからだ」と、アトラン。「のちほどまたここで落ちあおう。いいかね?」

「それまでに、ここがノゴンに占領されていないといいですが……」

「それならそれで、ここから地区の解放をはじめるさ」アトランは手を振ってそういうと、略奪者に合図した。「行こう、チュルチ」

「幸運を!」と、サリク。

アトランはなにかに突き動かされたようにサリクに歩みより、手をさしだした。いまのいままで見せていた無頓着さは消え失せていた。両名は真剣に見つめあう。

それから、アトランは無言で踵を返し、バルコニーへと出ていった。チュルチがしぶしぶついていく。アトランは精神集中して、輸送球を思い浮かべた。特徴的なきらめきがフォーム・エネルギーの冷光へと変じ、アトランとチュルチをつつんだ。

「どこへ行く?」と、アトランがたずねる。

「町の辺境地区へ」と、チュルチ。「おそらくそこなら、不自由をかこつ第一階級市民が大勢いるはずです」

辺境地区へ! と、アトランは念じた。

輸送球は雲におおわれた町の空へ上昇していく。超音速で、こえられない壁に沿って、遠方のまだ見えない辺境地区へ飛行をはじめた。

が、スタートしてから数分後、ふいに輸送球が飛行コースを変えた。

「なんだ……」アトランが顔をしかめていいかけるが、チュルチの叫び声がそれをかき消した。

「あそこです！」と、略奪者はうめいた。

目をこらすと、輸送球の光の層を通して、まるで大ダコのような建物が目に入った。まだかなり先だが、数秒ごとに近づいていく。海の怪物はどんどん大きくなり、その巨大な姿をあらわしてくる。

「なんだ、あれは？」と、アトラン。

「〝オクトパス〟ですよ」と、チュルチがくぐもった声でいう。「プシオニカーの団体、友愛団の本拠地です」

「と、いうことは……？」アトランは息をのむ。「このコース変更も……？」

「プシオニカーのしわざだ」と、チュルチ。「かれらが引きよせているんです。輸送球にテレキネシスで影響をあたえて」

アトランは悪態をついた。必死に精神集中し、くりかえし思考で命じる。辺境に向かえ！　辺境に！　ここからはなれろ！

アトランのメンタル指令にしたがおうと輸送球が振動をはじめる。しかし、球をオクトパスのほうに引きよせるプシオン・エネルギーがまさっていた。とうとう、アトランはあきらめた。

意味がない。

とっさにジェン・サリクのことを思う。

できれば、自分たちより運に恵まれてほしい。

再度、輸送球の白いヴェールごしに目をこらす。オクトパスまでもうほんのわずかだ。

そこに着いたら輸送球は消滅し、えたいのしれない運命が襲いかかるだろう。

〈久々の大きな戦闘だというのに、かくも早く終焉を迎えるのかね、政務大提督？　ま、無血ではあるが〉と、論理セクターがささやいた。

「それは違う」と、アルコン人は声に出した。「戦闘はようやくはじまったのだ。いま、この瞬間にな」

階級闘技

クラーク・ダールトン

1

アトランと第一階級市民のチュルチとが、第三階級市民オル・オン・ノゴンとの戦いの同盟者をもとめて出ていったあと、深淵の騎士ジェン・サリクはメイカテンダー種族の居住地区にひとりのこされた。

サリクはすぐに、かれらだけを行かせて自分がいっしょに行かなかったことは誤りだったと気づいた。だが、専制君主のノゴンに反旗を翻《ひるがえ》すという話への誘惑があまりにも強すぎたのだ。

その光源も知れぬ雲の層からくる光は、ほんのわずかしか地上にとどかない。つねにひろがっている薄闇は、迫りくる危険をすばやく察知するのを妨げる。同時にまた、予測せぬ攻撃に対するなにがしかの防御もあたえてくれる。

サリクは珊瑚礁《さんごしょう》の陰に身をひそめ、通りの反対側になにか動きがあるかとうかがった。

そして、ほっとひと息つく。

そこには、一メイカテンダーが見えるだけ。スタルセンの中央に住み、ノゴンによって抑圧され搾取されている二百万名のうちの一名だ。危険はない。

それでも、遠目には巨大なコウモリを連想させる奇妙な姿の生物が姿を消すまで、じっと動かなかった。ハンマーのような頭と魚によく似た八十センチメートルほどのからだは、おそらくかつては水棲《すいせい》動物であったことをしのばせるもの。どのような運命が〝深淵〟とこの都市で、かれらに降りかかったのか、だれにもわからない。

メイカテンダーは一種の大家族で暮らしており、珊瑚でできた……すくなくとも珊瑚に似た材質の……カラフルな住居に住んでいた。住居の高さは百メートルにまで達していそうだ。人工池のなかで、かれらの唯一の食糧となる海藻類を養殖している。

かれらは天才的彫刻家であるので、芸術性豊かな作品を容易につくりあげ、近隣の者たちと物々交換している。平和を愛し、親切で、友好的な種族でもあった。それだけに、いともたやすくノゴンに搾取されてしまうのだ。

なにかいる！

サリクはぎょっとした。右手のはるか先になにかの影を見つけたのだ。そのぼんやりしたシルエットから、ノゴンの傭兵にちがいない。専制君主に盲目的にしたがい、いかなる命令にも絶対服従する者たちだ。

まちがいなくその下命のひとつは、アトランとサリクをつかまえるか、あるいは抹殺しろというもの。

近づいてくる者たちを、かくれ場から観察する。サリクは、町のどこにでもあるスタルセン供給機からコンビ銃を手に入れてこなかったのを悔やんだ。命が惜しかったら、できるだけすみやかにそうするべきだったのに。

ノゴンの傭兵は十名ほど。さまざまな種族がいりまじっていたが、メイカテンダーはそのなかにいなかった。傭兵たちは、魚類あるいはコウモリによく似た生物のもとへ、みごとな芸術品を巻きあげにきただけかもしれない。そして、ノゴンはいつものように、その品をさらに高位の者たちのご機嫌とりに使おうというのだ。

サリクは、一団が立ちどまり、そのうちの五名が珊瑚の家のひとつに近づき、粗末なドアを蹴破るのを見た。ぜがひでも阻止したいところだが、武器がなくては話にならない。できるだけ早く、どこかで手に入れなければ。

自分の細胞活性装置にそっと触れる。コスモクラート技術の産物として、コルトランスの基地と深淵まで持ってこられた唯一のものだ。

それは、たしかな時間感覚をあたえてくれるばかりではない。このメンタル・インパルスがあるから、スタルセン供給機から必要な物資や望みの品をすべて手に入れられるのだ。それに、現存する移動手段も使える。

傭兵五名がその家から出てきて、略奪品を分配すると、一団はまた移動しはじめる。サリクのかくれ場のすぐ近くを通りすぎて、薄暗い路地のひとつに消えていった。

すぐさまサリクはかくれ場からはなれ、通りを横切って、先ほど略奪を受けた家に踏みこんだ。どのようなありさまか知る必要がある。もしかしたら、やり方はわからないものの、救うことができるかもしれない。

階段は古くて無骨なつくりだが、サリクの重みには耐えた。

まだ踏みこむ前から、うめき声が聞こえてきた。ひと言も正しく理解できなかったが、住民たちがすこし訛《なま》ったアルマダ共通語で話していることはすぐにわかる。なんとか意思疎通できるはず。

さらに上にのびる階段もあるが、壊されたドアがあるので、どこに進めばいいかは明らかだ。サリクはためらわず、二階のぜんぶを占める大きな部屋に踏みこんだ。長い止まり木が交差するようにしつらえてある。そこにメイカテンダーたちが、まるでニワトリのように、列をなしてつかまっていた。

侵入者に気がついたらしく、うめき声がにわかにやんだ。サリクはおちつかせるようなそぶりで、両手をあげて呼びかける。

「わたしはきみたち種族の友で、ノゴンの敵だ。いったいなにがあったのかね？」

だれかが答える前に、サリクはなにがあったかを自分で悟った。部屋のすみに、焦《あせ》って仕事をした略奪者たちによって破壊された彫像の破片がいくつか転がっている。おそらく、運べるものだけさらっていったにちがいない。

「略奪されたのだな」と、気の毒そうに話しかける。メイカテンダーたちは、まだ驚いたように黙っている。

「助けたかったのだが、あいにく武器を持っていなかった」

ようやく一名が動いた。止まり木につかまったまま、鉤爪を器用に動かして、こちらに近づいている。甲高《かんだか》い声だが、よく聞きとれた。

「武器があってもノゴンの傭兵たちにはかなわないでしょう。われわれは略奪にあったとしても、平和に暮らしたいのです。異人たちがこの町にきたと聞きましたが、あなたはその仲間ですか？」

「そうだ」

「あなたがた、どこからきたのです？」

この生物は、自分たちの町のことしか知らないようだ。きた場所を明かしてもわからないはず。

「高地からだ」と、それだけいった。おそらく、この土地では〝宇宙〟とか〝アインシュタイン空間〟などといっても、だれも理解できないだろう。〝高地〟なら、すくなくとも神話や伝説でまだ語られているはず。

そのメイカテンダーがぎくりとするのが見てとれた。全員がめちゃくちゃに声を出しはじめ、驚きが伝わってくる。数分間は会話がつづけられなかった。かれらの興奮がしずまるまで、サリクは辛抱強く待った。

声をかけたメイカテンダーがおちついたらしく、再度サリクを見つめた。

「高地……ええ、われわれ、古い伝説では知っています。もう存在しないものと思いこんでいました。だが、そこからきたというなら、あなたに危険はない……一方、われわれの身は危険なのです。ここから出ていってください。いますぐに！」

望みはなさそうだが、サリクは最後にたのんでみる。戦士を集めるというアトランの計画を助けるために。

「われわれ、味方を探している。ノゴンの傭兵との戦いに協力してくれる同志を。それをたずねてみたかったのだが……」

その先は口にできなかった。

甲高い驚き声にさえぎられたのだ。このコウモリ生物はテレパスでもヒュプノでもないはずだが、サリクの頭に、拒絶と否定のメンタル波が割れんばかりに響いてきた。なかには、驚愕のあまり翼をばたつかせ、いまにも止まり木から落ちそうになっている者もいる。

「わかった、わかった」サリクはかれらをおちつかせようとする。「きみたちの平和を乱すつもりはない。ここで平穏に暮らして、暴虐に耐えるがいい。もう行くよ……」

すると、メイカテンダーの代弁者を買って出ていた者が、あらためてサリクに呼びかけた。おそらく、ここに集まっている大家族のリーダーだろう。

「あなたを援助できないことはわかったと思います。しかし、メイカテンダーのだれも密告などしません。それ以上は無理です。どうかご理解ください」

「よくわかった」サリクは落胆してそういう。ほかの返事は思いつかなかった。「うまくいくかどうかはわからないが、すくなくとも、ためしてみるつもりだ。元気で暮らせよ。きみたちの友としてここを去ろう」

「感謝します」それが、階段に出たサリクが聞きとれた最後の言葉だった。上の階に行くのはあきらめた。ここと同じ結果は目に見えている。

慎重に階段をおりはじめ、壊れたドアのところで、方向を確認するため全方位に注意を向ける。いまこそスタルセン供給機を見つけ、武器となにか飲み食いするものを手に入れるときだ。

通りにはなにも見えなかった。だれもおらず、薄明のなかに見捨てられている。ひとたび暗黒の時がはじまったら、ここは危険で命が脅かされる場所となるだろう。

サリクは家屋の壁に貼りつくようにして、まるで忍び歩く猛獣のように音もたてず、なにか動くものがあれば、軒下や張り出しの陰に身をひそめた。そして、やっとスタルセン供給機を見つけた。

黄金色に輝く一辺が一メートルほどの立方体が、ちいさな台座の上にあった。どの供給機もそうであるように、見張りはいない。特定の市民しか利用できないからだ。だれもいないのを確信してから、立方体に近づき、その正面に立った。

思考をこらして、コンビ銃の映像を精神の目の前に描きだす。すると、同時にかれの脳がそのメンタル・イメージを放射して……それが受信される。

立方体の上部で空気が揺らめいた。この物体がすさまじい熱を放出しているかのようだが、そうではない。やがて、なにもないところから、望みどおりの銃があらわれた。

サリクはそれをつかむと、フル充塡されているのをたしかめた。数秒後には、次に望んだ交換用マガジンも出てきた。それをポケットに突っこみ、武器はベルトにはさむ。

夢のような装置にさらに願ったのは、食糧と飲料だった。その両方を手にすると、ならんだ建物ふたつのあいだにある、ひろくて暗いアルコーヴへと急いで退散する。

空腹と渇きをしずめると、すぐに気分がよくなり、気力も回復した。ここで同志をつのる望みは挫折したが、アトランとチュルチが自分より成果をあげられるよう願うばかりだ。

そもそも、ふたりとともに行くべきだったと思う。自分たちはどうして、ノゴン相手になにかしようという気になったのか？　どのみち、メイカテンダーたちは助けてもらおうと思っていないのに。ここばかりでなく、スタルセンのすべての場所で、権力者たちが支配し、ほかの弱い種族を搾取している。それに対して、アトランと自分はいったいなにをするつもりなのか？　たとえ、それがわれわれの使命のひとつだとしても……

サリクは思考をふいに中断した。急いで接近してくる足音が聞こえたのだ。かくれ場からこっそりとうかがい、ノゴンの傭兵たちがこちらに向かってくるのに気づいた。すくなくとも二ダースほどが、ブラスターをかまえながら通りにひろがっている。まるでサリクの居場所を嗅《か》ぎつけたかのように。

サリクはコンビ銃をパラライザーに切り替えたが、熟慮したすえ、考えを変えた。かれらと戦うのはやむをえないときだけ、または、メイカテンダーをただちに救わなければならないときだけにしよう。

いわゆる都市搬送システムが、スタルセン供給機と似たような原理で働くのだから。ほとんど理解不能で、謎めいてはいるが、かならず完全にたよれるはずだ。

サリクが思考をこらしたとたん、白い炎のように見える輸送球が間近に物質化して、かれをつつんだ。

目の前で起こったことに専制君主の傭兵たちが気づく前に、球体はふたたび消えた。あれは特権階級の市民だと、傭兵たちは思ったかもしれない。

かれらは、また歩きだしていった。

サリクは目的の場所へ降りた。先ほどの町からさほど遠くないところ、珊瑚の家でかこまれた四角い広場だ。広場の中央には、不規則にならんだ海藻の養殖池のまわりに、寺院を思わせる平たい建物がならんでいた。メイカテンダーの聖地だろうか？

いずれにせよ、ここはいいかくれ場になるし、周囲の見晴らしもききそうだ。

疲労をおぼえ、サリクはしばし休息することにした。急いで広場を横切り、池のあいだのくねくねした道をたどって、ひろい階段が上につづいている建物の前でひと息つく。太い柱がたいらな屋根を支え、申しぶんないかくれ場になっていた。

ここなら安全だ。寺院の周囲の建物のない地区と通りとの合流点もよく見わたせる。

細胞活性装置の助けを借りて、眠らずにあらたな力をたくわえることにした。

サリクは休息し、時が過ぎるのを待った。

＊

はげしい悲鳴と助けをもとめる声が、サリクの休息を破った。よく見ようと身を乗りだすが、かくれ場を出ることはしない。

目にしたものに、はげしく憤慨した。冷たい怒りがわきあがったが、まだ身をひそめたまま、広場でくりひろげられている事件を観察する。

メイカテンダー数百名が、ノゴンの傭兵三ダースほどに追われてあわてふためき、入り乱れて走っていた。サリクが驚いたことに、傭兵たちは発砲せず、逃げ去る者はわざと見逃しているようだ。メイカテンダーの数は五十名ほどにまで減っている。その五十名はもう逃げられなかった。狩猟欲あふれる傭兵たちが輪をつくり、だれも逃れることができないようにかこいこんだからだ。道路の出入口のひとつから、コンテナのような車輛が進入してきた。車輛は地上わずか二十センチメートルのところに浮きあがり、明らかに反重力フィールドで支えられている。

どういう目的があるにせよ、おそらくそのコンテナでメイカテンダー五十名を連れ去るのだろう。サリクが待っていたのはこの瞬間だった。

傭兵たちは一様に武装し、捕虜たちとともに寺院のすぐそばに立っている。サリクの武器の射程内だ。しかし、すべてではないがメイカテンダーも、パラライザーを浴びることになってしまう。

コンテナが捕虜たちと傭兵の間近にくるまで待った。傭兵たちはあわれなメイカテンダーたちに銃を向け、突きとばしながら、コンテナへと駆りたてている。

サリクはぎりぎりのタイミングで作戦を変えることにして、まだ待った。最後のメイカテンダーがコンテナに乗りこんだところで、はじめて広角の扇状射撃を傭兵たちに浴びせかける。これで予想外の成果を手にした。

数秒のあいだ、傭兵の二名か三名が反撃に出たが、防御のほうはおろそかだった。明らかに致死性のものであるそのエネルギー・ビームは、寺院の上空高くにそれてしまう。

そのあと、かれらもやはり意識を失って倒れこんだ。かれらをはじめ、ほかの者も数時間は麻痺したままだろう。

サリクは寺院を飛びだし、池のあいだを縫って、大きなドアが開いたままのコンテナに走った。思ったとおり、せまい内部に捕虜のメイカテンダーたちがひしめいていた。なにが起きたのかまるでわからないようだ。憎むべき傭兵たちが地面に倒れているのを目にしてさえも、状況の説明がつかないらしい。

サリクがハッチにあらわれてはじめて、だれかが自分たちを解放しにきてくれたのだとわかり、驚いたようだ。

サリクは銃を振って、合図した。

「外へ出ろ、逃げるんだ。まだ時間はあるが、ノゴンの傭兵たちはいずれ目ざめる。そうなったら、逃げ遅れるぞ」

捕虜たちは即座に理解した。一名ずつ、または三名か四名がかたまって、コンテナから跳びおりる。予期せぬ救世主のほうを一顧だにせず、走り去っていった。

心のすみで、サリクは少々落胆する。感謝のひと言くらいはあってもいいはず。だがおそらく、捕虜たちはつかまったパニックの状態から抜けきれていなかったのだろう。責めるわけにもいかない。

しかしその後、あることがわかった。この不幸な者たちのふるまいを、ぼんやりとだが説明するような出来ごとがあったのだ。最後のコウモリ生物が去る前のこと。サリクは輸送コンテナの奥に、メイカテンダーが一名のこっているのを発見した。仲間たちが捕虜にされないよう、突きとばしたり、強く殴りつけることさえして、逃がしていた男だ。

そのさいかれは、はっきりとは聞こえなかったものの、こういっていた。

「逃げろ、ぐずぐずせずに！　身を守れ！　行くんだ！」

サリクにはわかっていた。この勇敢なメイカテンダーがいなければ、おそらくほかの者たちは逃げおおせなかっただろう。かれはまさに言葉どおりの意味で、仲間たちを逃走させたのだった。

その男は、ようやくコンテナから降りてきた。ほかにはもうだれの姿も見えなくなっている。ノゴンの傭兵たちがまだ地面に転がっているだけだ。

メイカテンダーはしげしげとサリクを見つめていたが、ようやくおそるおそる近づいてきた。

「あなたはわれわれを助けてくれました」

〝助けて〟が、すこし〝だすけで〟のように聞こえる。ともかく、これが区別の手段になるな、と、サリクは愉快に思った。というのも、メイカテンダーたちは外見ではまったく見分けがつかないから。

「きみもほかの仲間のように、逃げなくては」と、サリクは呼びかけた。が、相手はじっと動かない。

「わたしはウェレベルといいます。おともさせてください」と、いってくる。

サリクは、心ならずもかぶりを振った。

「危険な目にあうぞ。ノゴンと一戦まじえるのだから。仲間たちのところへもどりなさい。きみの命をあやうくはできない」

「いっしょに行きます」ウェレベルはきっぱりといった。「長いこと、ともに戦ってくれる者を探していました」

サリクは同盟者を見つけたと知った。みずからの意志で行動をともにしてくれる真の従者を。おそらく、解放されたことへの感謝をあらわそうというのだろう。

サリクはウェレベルに手をさしだした。

「わたしはサリク。われわれ、友だ。あやういときには、つねにおたがいを助けあう。そのしるしに握手してくれ」

ウェレベルが骨ばった鉤爪の手をさしだし、サリクはそれをにぎった。注意深く、やんわりと。

「これでわれわれは盟約を結んだ、ウェレベル。わかっていることを願いたいが、われわれだけで、ノゴンの傭兵を千名も相手にすることになる。最初のうちは、加勢は期待できない。わたしの友がもどってくれば、すこしはましになるが」

「高地から異人たちがやってきたのは知っています」と、メイカテンダー。「ですが、いまはここからはなれましょう。やつらが目をさましたら……殺されます」そういって、翼腕をあげ、倒れている傭兵たちをさししめした。

「そのとおりだ。で、どこに行くべきかな？」

「かくれ場をたくさん知っています。そこのおかげで何度も奴隷狩りから逃れることができました。きょうは、たまたま運悪く奇襲されてしまいましたが」

「奴隷狩りとは？」

「その話はあとで。行きましょう！」

ふたりは広場をななめに横切り、ノゴンの傭兵たちに遭遇することもなく、住宅地へ出た。ウェレベルがその鉤爪足で巧みにすばやく歩いていくのに、サリクは驚く。十分ほど歩くと、ひとつの家のなかに入り、六階まで階段をのぼる。ウェレベルがドアを押し、耳をそばだてた。静寂そのものだ。かれはサリクに合図した。

「ここにはだれもいません。かれらは、芸術作品の物々交換に出かけているのでしょう」

「だれのことだね？」と、サリクはひろい部屋に入り、うしろ手にドアを閉めた。

「わたしの家族ののこりです」

「のこり？」

ウェレベルは止まり木の上でひと息つくと、答えた。

「そうです、まだのこっている者です。ほかの者たちは、貢ぎ物奴隷として捕虜にされました」

「貢ぎ物奴隷だと？」

この土地でなにがおこなわれているか、ウェレベルが明らかにしはじめたのだと、サリクは悟る。奴隷狩りに、貢ぎ物奴隷……？

「さて、サリク……それがあなたの名前でしたね？……知りたいことがあれば、すべてお話ししましょう。あなたも知っているでしょうが、ここでは時間を深淵年で換算します。短い暗黒の時が過ぎると、新しい年がはじまる。一深淵年が終わるすこし前に、ノゴンはメイカテンダー五十名を貢ぎ物として、二十倍も長い寿命を持つ第四階級市民のゲリオクラートにさしだします。しかし、その義務はノゴンだけでなく、すべての第二、第三階級市民が負うものです」

一深淵年は三カ月つづくが、暗黒の時が五時間で終わることは、サリクも知っていた。次の暗黒の時はもうすこしではじまる。暗くなるこの時間、スタルセンはとりわけ危険な場所になるはずだと、かれとアトランは考えていた。

「われわれはノゴンの傭兵たちのことを、奴隷狩りとも呼んでいます。それが、略奪にくわえて、やつらのおもな仕事のようですから」

「捕虜たちはどうなるのだ?」と、サリク。

「だれも知りません。わかっているのは、全員がゲリオクラートのもとに送られるということだけ。もちろん、推測はできます。古い伝説や想像にもとづくものにすぎませんが。それによれば、捕虜たちは、スタルセンのかなたにいるといわれる権力者……伝説の〝時空エンジニア〟たちの隷属民にされるとか」

「わたしは、ノゴンに公然と戦いを挑むつもりだ」と、サリクはウェレベルに告げた。「この地域におけるかれの支配権を揺さぶってやる。ゲリオクラートたちは、ここからの貢ぎ物を待ちくたびれることになるな」

ウェレベルは驚いて跳びあがり、

「公然と戦いを挑むですって? 頭がおかしくなったのですか、サリク? われわれ、ノゴンやその部下たちに対しては、ゲリラ戦をしかけるか、だまし討ちするしかありません。正面切っての戦いなど危険すぎます。もし敗北したら、あなたはいまの市民階級を失いますよ。都市搬送システムもスタルセン供給機も使えなくなります」

サリクはウェレベルをなだめた。

「まだ、そこまでいっていない、ウェレベル。われわれ、ここにいて安全かな?」

「いまのところは、友よ。絶対安全な場所など、どこにもありません」

「ここで安閑としているあいだに、やつらに見つかりたくはないのだが」

「この家は略奪にあったばかりで、家族の一部も連れ去られましたから、危険はすくないかと。あらためて荒らしにくることは、おそらくないと思います」

「しかし、敵はわたしがこの地区にいることを知っている」と、サリクは深刻な顔でいった。「寺院で起こったこともやがて知れるだろう。かれらは徹底的に捜索をはじめ、いずれここにもあらわれるはずだ」

「あなたには武器があります」

「大部隊に対して、それがなんになる？」

「たいして役にはたちませんね」と、ウェレベル。「それに、スタルセン供給機から出たものはすべて持続時間が短い。一定の時が過ぎれば、無に帰してしまうでしょう」

「どれくらいもつのかね？」

「ものによります」

サリクはベルトから銃を抜き、その重みを手のなかでたしかめた。ずしりと、たしかな手ごたえがある。交換用マガジンもまったく問題がなかった。これが分解していく兆《きざ》しは見つからない。

「出発するか？」と、ウェレベルに問いかける。

ウェレベルはちいさな翼を不安げに震わせた。

「外は危険です。捜索がはじまったら、ここのほうが防御しやすいです。なにより、ここからの逃げ道がありますから」

「逃げ道だと？　どこへ？」

「ここにくるまでにちいさな家々がありましたよね。このあたりには家から家へと抜ける秘密の通路があるのです。その逃走路を使って、しばしば助かりました」

サリクは周囲を見まわしたが、入ってきたドアのほかに出口もなさそうだった。

「探してもむだです、友サリク」と、ウェレベルがいう。「奴隷狩りたちも見つけられませんでした。逃走路はうまく偽装されてますから」

サリクはあきらめた。

「きみが知っているということが重要だからな。よかろう、すこし休息しよう。供給機からなにか食糧を持ってくればよかった。喉も渇いたし」

メイカテンダーは翼腕で部屋のいちばんすみをさししめした。

「そこに石の瓶《かめ》があります。なかの水は数日前のものですが。ひどい渇きをおさえるにはいいかと」

「海藻の池の水かね？」

「ほかにありますか？」

サリクは立っていって、水瓶《みずがめ》を手にとった。水は、とうてい飲用には不向きなようだ。

だが、渇きのほうが不快感にまさり、その水を飲む。思わず吐きそうになるが、渇きには勝てなかった。細胞活性装置がおそらく感染を防いでくれるはず。そう思いたい。もとの場所にもどったが、腰をおろすことはしない。

ガラスのない窓ごしに、注意深く通りを観察する。なにか物音が聞こえた気がしたのだ。メイカテンダーたちではないかと期待したが、そうではなかった。

建物の壁に沿ってこちらに向かってくる三ダースほどの影が見えた。どの戸口でも立ちどまり、半数がメイカテンダーの家に侵入していく。

捜索がはじまったのだ。

サリクは一歩しりぞいた。

「これまでだ、ウェレベル。追っ手がきた。まもなく、この家にも押し入ってくるだろう」

メイカテンダーに驚いたようすは見られない。

「恐れていたとおりです。やつらは、どの家もしらみつぶしに探します。たぶん五十名ほどの捜索隊が向かってきます。わたしが秘密の通路を開くまで、食いとめてください」

「食いとめる?」サリクはとっくに武器の安全装置をはずしていた。こんどはフル・エネルギーで発砲することになりそうだ。「やってはみるが、多勢に無勢だぞ。なぜ、相手の注意を引きつける必要がある？　なぜ、さっさと逃げてしまわないのか？」

「戦わないので？」と、ウェレベルは落胆したようにたずねた。「どうして、やつらに思い知らせてやらないのですか？」

「できるときなら、いつもそうするさ、ウェレベル。しかし、いまは、敵にこちらの逃走経路を教えるのはおろかなこと。さ、急いでくれ！　すでに二軒先まできたぞ」

「あなたのいうとおりですね」と、ウェレベルは納得し、すぐに止まり木から跳びおりた。数分後に押し入られるはずの隣家と直接つながっている壁に向かってよちよち歩きだす。「外から見たら、二軒の家は壁でくっついているように見えます。けれど、あいだにかくれ場になる空間があるのです。もちろん、どの家もそうとはかぎりませんが、ここはそうなのです」

サリクが窓辺に立って捜索隊の動きを見張るあいだ、ウェレベルは珊瑚の壁をいじりはじめた。

驚くことに、ノゴンの傭兵たちは今回、捕虜集めには関心がないようだ。それぞれの家から空手で出てきては、次の家に向かっていく。ウェレベルの家のある通りにいるグループが、隣家の前まできて、なかに押し入っていった。

「もう隣りにきたぞ」と、サリク。

「では、こちらへ」

サリクは見張りをやめ、部屋を横切ると、驚いて立ちどまった。いままでかたい壁があったところに、ちょうど、ふたりが通りぬけられるほどのまるい穴があいている。

「さ、早く!」と、ウェレベルがせかし、まず自分から穴にもぐりこんだ。「すぐに閉じてしまいますから」

サリクはなにが起きたのかわからない。まるい壁の開口部は容易に通過できるのだが、そこを通りぬけてみると、穴はまたかたい壁にもどっていた。真っ暗でせまい空間に閉じこもったことになる。

「どうやったのだ?」と、サリクはそばにいるウェレベルにささやいた。

「こんなこともあると予感して、先祖がこれをつくったのです。どんな秘密があるのかはわかりません。ただ、動かし方を知っているだけで。でも、しずかに。音は通しますから。向こうの音も聞こえます。壁の向こうは見えませんが」

はたして、数分後に物音が聞こえた。

傭兵たちが、かくれ場のない一階の部屋を捜索してしまうと、めざすものを探して二階に足音荒く駆けあがっていく。足音がまたおりてきて、一階の部屋を抜けて通りに出ていったのを聞いて、ウェレベルがささやいた。

「わたしの家にはもどりません。隣家に行きます。隣りの者はわたしと同じ氏族なので、よろこんでかくまってくれるでしょう」

メイカテンダーは、こんどは反対側の壁をいじった。ふいに明るくなる。そこにも、まるい抜け穴が生じていた。その向こうには、これまでとはすこし変わった部屋があった。メイカテンダー五名がものめずらしげにこちらを見ているが、驚いて逃げるでもない。みな秘密の逃走路を知っているようだ。

サリクもウェレベルにつづいた。無意識に銃をにぎりしめようとするが……空をつかんでしまう。

こんどはマガジンに手をのばすが、それも消えていた。

スタルセン供給機で手に入れたものが、消滅している。

ウェレベルはサリクがなにをしているか気づいたようだ。

「心配ないです、サリク。わたしの氏族も供給機は持っていますから」

どうやってメイカテンダーたちがスタルセン供給機を手に入れ、それを利用できるのかは、訊かずにおく。だが、部屋のすみに黄金色に輝く立方体があるではないか。

ウェレベルが同胞五名になにがあったかを伝えたとき、サリクは気もそぞろだった。ウェレベルは〝高地からきた友〟がほかのメイカテンダーたちを傭兵から救ったことと、今後はサリクの従者として仕えると決心したことを最後に告げたのだが。

五名はそれに対する同意を身ぶり手ぶりで伝え、サリクをウェレベルの氏族として受け入れた。

十分後、サリクの飢えは満たされた。
スタルセン供給機が、完璧に機能したのだ。

2

スタルセンのほぼ中心に生命のドームは立っていた。

そこに、最長老が居住している。

ドームは断面が下になった半径三百八十メートル、高さ五十メートルの半球で、スタルセン供給機と同じく黄金色に光る素材からできていた。

その周囲は、ゲリオクラートの隷属民たちが見張る高い金属塀がめぐらされている。ドームと塀とのあいだには、幅がゆうに一キロメートルある平地があって、さらに低い柵で規則正しく区分けされていた。移送されてきた捕虜を収容するかこいだ。かれらはやがて、生命のドーム内に永遠に姿を消してしまう。

訪問者二名をしげしげと観察する最長老は、ヒューマノイドの体格をしているが、その顔と体形はグレイのフードつきマントにかくれている。かれは、現在生きている者たちがだれも生まれていないころからゲリオクラートの長であった。だれひとり、最長老の出自や本当の年齢を知らない。

その声は不明瞭で、まるでうなっているように聞こえる。

「無力をさらしたな、フルナン2317にカルク978。コスモクラートの使者ふたりを、深淵学校ですでに捕らえることに失敗している。かれらは逃げおおせた」

第四階級市民のゲリオクラートに属する二名は、叱責され、すっかり意気消沈していた。短い翼のなごりが、カラフルな羽毛でおおわれたまるい胴体の背にだらりと垂れている。その下にある、長くていまにも折れそうに見える赤い両脚で立っていた……あるいは、浮かんでいたというべきか。非常に長くて細い頸の上に、尖った嘴《くちばし》のついた頭部がある。身につけているのは、幅広のベルトだけ。

種族名はイルティピットだ。名前のあとの数字は、深淵年での年齢をあらわす。

「まあ、まだ大事にはいたっていないが」と、最長老はとがめる声をやわらげた。「つまるところ、あのふたりが高地からの、われわれが排除すべき最初の訪問者というわけでもない。もう一度だけ、任務をはたす機会をあたえよう。期待にいま一度そむいたら、今後は生命のドームへの入場はあきらめるのだな」

両ゲリオクラートははげしい驚愕にみまわれた。生命のドームへの出入り禁止は、いわば死刑宣告も同じ。寿命をのばす細胞活性化ができなくなるからだ。

「われわれ、両名を無害化します」と、フルナンが震える声で応じた。「かならず!」

「ジェン・サリクと名乗る一名は、メイカテンダーの居住地にいる。オルヌ・オン・ノゴンとひと悶着起こしているようだ。その男を探しだせ！」

「それで、もうひとりは？」と、カルク。

「いまはわからない。だが、いつまでもかくれてはいられまい」と、最長老はうなずく。

「さて、ぐずぐずせず、さっさと任務にかかれ。ノゴンはすでにサリクの探索をはじめているはずだから、コンタクトせよ。かれには千名もの隷属民がいる。コスモクラートの使者ひとりを見つけだすにはそれで充分だろう」

「生死は問わないので？」と、フルナン。

「生死を問わずだ！」と、最長老はうなるようにいった。

＊

カルクとフルナンは暗い気分で生命のドームをはなれ、メンタル命令で輸送球を一機呼びよせた。すぐにそばでそれが物質化して、二名とも大儀そうに乗りこむ。エネルギーの強固な壁が形成された。球体内部から外は見えるが、外からなかはのぞけない。

フルナンがメンタル操縦を引き受け、まずは球体を高く上昇させた。両ゲリオクラートが目にしたのは、光に照らされる深淵年の終わりが迫っていることを告げる光景だった。かれらには、見慣れたもの。

捕虜たちがいくつものかこいに駆りたてられていく。さまざまな出身の、特権も特別な階級も持たない生物たちだ。より劣った階級の市民からゲリオクラートたちへの貢ぎ物だった。

まるで家畜のように、捕虜たちはかこいから出され、四つあるまるい出入口のひとつを通って、二度と出られない生命のドームのなかに駆りたてられていく。かれらを待つのは細胞活性化などではなく、謎に満ちた運命だ。それがなんであるかは、おそらく最長老しか知らない。

「時間をむだにしていますぞ」と、カルクが気にした。

フルナンは最後に地上を一瞥《いちべつ》したが、その銀色に輝く目には、なんの同情やあわれみも浮かんでいなかった。

「ノゴンの要塞へ！」と、声に出して命じる。輸送球はその指令をメンタル手段で受けとり、高度をあげると、メイカテンダー地区へのコースをとった。

＊

サリクは通りに面した窓から注意深く外をうかがっていた。ノゴンの傭兵たちは去ったが、だからといって危険がなくなったことにはならない。

ウェレベルが隣りに立った。

「傭兵たちが空手で帰ったら、ノゴンはまた同じ捜索をくりかえせと命じるはずです。

こんどは徹底的に、と。そうなれば、われわれメイカテンダーはなにか白状するまで暴力をふるわれます。秘密の通路やかくれ場も見つかってしまうでしょう」

「暗黒の時がはじまるまで、あとどれくらいあるのかね？」

「だれにもわかりません。ときによって違うので。一深淵年は、あなたの時間換算でだいたい三カ月つづきますが、それもおおよそです。とはいえ、心配はいりません。暗黒の時の訪れははっきりと知らされますから。そうなれば、すぐにはじまります」

サリクは視線のはしで、背後のスタルセン供給機の黄金色の光が消えたのに気づいて振りかえった。

実際、黄金色の立方体はふいに機能停止したように、まったく光を失っていた。メイカテンダーたち五名も、なにやらおちつかないようすだ。ウェレベルだけは、こともなげに、なんの心配もしていないふうに話しだした。

「あれが最初の予告なんです、サリク。供給機はすぐにまた光りだしますが、あと二回、暗くなり……それが暗黒の時のはじまりです。スタルセンに夜が訪れるのです。そして五時間後、スタルセン供給機も、都市搬送システムや市民防御システムも、また機能しはじめます。恐ろしいものではありません。鋼の支配者の残忍な手下である鋼の兵士たちのほうが、もっと恐ろしい。かれらはなんでも手あたりしだいつかまえ、ときには施錠していない家に押し入ってもきます。だれも、ぶじではいられません」

スタルセン供給機がまた明るくなった。

「いまのうちに、武器と食糧を確保しておこう」と、サリク。「そうしたら、ここをはなれよう。きみの氏族たちを無用な危険にさらさないために。ノゴンをつかまえてやる！　暗黒の時がはじまる前に！」

ウェレベルは賛否を口にはしなかったが、反論せずにしたがう。サリクはスタルセン供給機から強力なエネルギー銃を二挺《ちょう》と食糧、それに清潔な飲料水の瓶を数本とりだした。これらを運ぶ袋を望むと、それも供給機の上にあらわれた。

「これらの武器は、運がよければ、暗黒の時が過ぎるまでもちますよ。そうなる場合が多いです」と、ウェレベル。

「だったらなおいい、ウェレベル。もしそうなら、夜はノゴンにひと泡吹かせる絶好の時間だ。かれも、ほかの者たちのように鋼の兵士を恐れて要塞に閉じこもっているはず。かれの傭兵たちもな」

「そのとおりです。鋼の兵士たちは、だれのことも容赦しませんから」

「このいまいましいスタルセンというのは、不愉快な場所だな」サリクは苦虫をかみつぶしたように、「危険で底知れない場所だ。何千年ものあいだに、ほかの世界……高地のことは忘れ去られてしまい、のこったものは謎また謎ばかり。ノゴンがその謎の一端を見せてくれるかもしれない」

「ノゴンは役にたたないでしょう」ウェレベルはきっぱりといった。「それらの謎を、かれ自身はなにひとつ知りませんから」

サリクはうなずいて、短い夜に向けて食糧を用意しているほかのメイカテンダーたちに目をやった。そのとき偶然、部屋のすみに置かれている木の彫刻に目がとまった。

思わず自分の目を疑い、近づいてよく見てみる。

まさか！　ありえない……！

さらによく見ようと、かがみこむ。

その彫像は一メートルほどの高さで、ヒューマノイドの輪郭をしていた。だが、それがサリクが驚愕した理由ではなかった。

メイカテンダーたちは像の顔をとりわけ丹念に、またていねいに、素材から彫りあげている。その面ざしはあまりに明確で、見まがうことはない。

サリクはメイカテンダーたちのほうを振りかえった。かれらはサリクの驚きようを見て、非常に不思議に思っているだろう。

「この彫像をつくったのはだれだ？」と、問いかける。

一メイカテンダーが近づいてきた。

「わたしですが。どうです、悪くないでしょう？」

「そのとおりだ。この像はだれを彫ったものか、訊いてもいいかね？」

「鋼の支配者です」

サリクは頭を殴られたようなショックを受けた。

はじめて見る顔ではない。面長《おもなが》の顔に高い鉤鼻、銀色に輝く眉と琥珀色の目。虹彩《こうさい》にはグリーンの点と線がまじる。抑制的な口もと、力強い顎、銀色に輝く豊かな髪。額にはグリーンのヘアバンドを巻いている。そして、エメラルドグリーンの肌の色で確信が持てた。

この彫像はテングリ・レトス＝テラクドシャン……〝光の守護者〟をあらわしている。かれは、ヴィシュナがヴィールス・インペリウムによる権力を手にしたあのとき以来、行方不明とみなされているが……

テングリ・レトスは、謎めいた鋼の支配者と同一人物なのか？

すべてのことが、そう示唆《しさ》している。

「なにを驚いているのです？」ウェレベルが不審そうにたずねる。「スタルセンではだれもが知っている顔です。だれも実際に会ったことはありませんが」

サリクはうなずいた。考えをまとめてあらたな推測をめぐらそうとするが、はたせない。

「時間がありません」返事がないのでウェレベルがせかした。「いま出ないと……」

「わかった、ウェレベル。出発だ」ほかのメイカテンダーたちに一揖《いちゆう》し、「援助に感謝する。けっして忘れない。おそらく、のちにきみたちのためになにかできるはず」

窓の外をもう一度うかがうと、部屋を抜けて通常のドアから出ていくウェレベルにつづいた。

＊

通りは無人だった。間近に迫った暗黒の時が暗い影を落としている。ノゴンの傭兵たちも、早めに安全な場所へ引きあげたらしい。鋼の兵士への恐れは強く、主人の命令さえも無視したようだ。

サリクは都市搬送システムに思念をこらした。

輸送球が近くの路上に出現し、かれらを乗せた。

「ノゴンの要塞へ……そこから三百メートルはなれた場所に着陸せよ」と、サリク。

ほんのすこしあと、かれとウェレベルは発射準備のできた銃をかまえ、べつの通りの家の角を掩体《えんたい》にして、方向をたしかめていた。ここはウェレベルがよく知っている地域だ。

「あの向こうが要塞です」と、ウェレベルが開口触手でそちらをさししめしながらいった。「ノゴンは身の安全に余念がありません。鋼の兵士は要塞内に侵入できないようになっています」

サリクは平たい屋根を持つどっしりとした建物を見た。ウェレベルのいうとおりだろう。見張りはいなかったが、要塞内に忍び入るのは不可能なようだ。ぽつねんと孤立していて、直接ほかの建物と境界を接していないことはべつにしても。

サリクは反対側の通りに目をやった。そこには、たくさんのスタルセン供給機のうちのひとつがある。

「二回めに光が消える警告シグナルはまだ出ませんね」と、それを見たウェレベルがいった。「まだ時間はあるようです」

「暗黒の時まで待ったほうがよくはないかね」と、サリク。「暗闇にまぎれて、もっと近づけるだろう」

「だめです!」と、メイカテンダーはびっくりしたような声を出した。「鋼の兵士たちがそこらじゅうに出てきて、拉致《らち》されます。どんな目にあうか、だれも知りません」

サリクはレトスの面ざしをした彫像を思いだした。鋼の支配者が実際に光の守護者と同一人物であったとしたら、どうなるのだろう?

答えは見つからない。そのとき、ほかに注意が向いた。

ノゴンの要塞の前の広場に黄金色の輸送球が降下してきて、着陸したのだ。だれが乗ってきたかわからなかったが、すぐさま乗員二名が降りてくる。カラフルな羽毛におおわれた胴体を持つコウノトリのような生物を、サリクは思いだした。

「ゲリオクラートだ!」と、ウェレベルが驚いて小声でいった。「かれら、ノゴンを訪ねてきたのです。きっと、遅れている貢ぎ物の催促でしょう。こちらの作戦がだいなしです」

「そうは思わん」と、サリク。「おびえたノゴンは、たやすくつかまえられる」

「しかし、ゲリオクラートたちがノゴンに協力してわれわれを捜索することも考えられますよ」と、ウェレベル。「そうなれば、今後の展開は危険が倍化します」

まちがいなくウェレベルのいうとおりだった。サリクはいった。

「では、ここでしばらくようすをみることにしよう」

それで、連れが安心したのはいうまでもない。

3

第三階級市民のオル・オン・ノゴンはメイカテンダー地区の統治者だ。見かけはヒューマノイドとはかけはなれている。身長は二メートルほどで、箱のような体軀《たいく》とたくましい両腕と両脚をそなえていた。いかつい胴体の上に洋梨形の頭がのっていて、こぶし大の両目は複眼だった。あちこちに多数の穴があいた潜水服のような衣服を着用している。もともとは、いまスタルセンの別地区に居住しているフルダーウォル種族の一員だ。

そのノゴンに、一隷属民が、ゲリオクラート のカルク978とフルナン23317が前触れもなしに訪ねてきたことを知らせてきた。

「かれらは玄関ホールで待っています。一刻も早くあなたと面会したいとの依頼で」

それがけっして依頼などではないことを、悪い予感とともにノゴンは察した。それは命令なのだ。いまの自分の地位を失いたくなければ、さからうことはけっしてできない。

「いますぐお迎えする」と、動揺を悟られないように、いつもの重々しい声で応じた。

「ご案内しろ」

ノゴンは自分の体形を模した大きなシートにすわっており、いくらか背が高くなっていた。ほかに椅子はなく、ここにきた訪問者はみな立ったままでいなくてはならない。フルナンとカルクにしても同じことだったが、かれらはこの不作法に対する腹だちを表には出さず、すぐに本題に入った。

「われわれがなぜここにきたか、わかっているだろうな、ノゴン……」と、フルナン。

「承知していますとも」と、フルダーウォルはさえぎる。狡猾《こうかつ》にも、遺憾そうなそぶりをして、「貢ぎ物ですな！　いささか遅れていますが、わたしのせいではありません。高地からきたいまわしき異人が、捕虜を五十名もわたしの傭兵たちの手から逃がしてしまったのです。ただちに追跡させていますが、いまだ成果はなく。ですが、貢ぎ物奴隷はかならず引きわたしますので……」

「勘違いするな！」と、こんどはフルナンがメイカテンダーの支配者をすげなくさえぎる。「遅れている貢ぎ物のことだけでここにきたのではない。ジェン・サリクと呼ばれる異人のことだ。われわれ、きみがその男と階級闘技をおこなうよう要求する。それも、暗黒の時がはじまる前に」

こんどこそノゴンは心底ショックを受けた。からだじゅうに震えがはしる。

階級闘技だと！

その敗者は、すべての階級特権を剝奪される。ノゴンにとっては、いまの地位を失うことになるはず。ひょっとしたら、死を意味するかもしれない。

「無理な要求です」なんとか危機を逃れようと試みる。「わたしの傭兵たちが、そいつを見つけて殺しますよ。そのサリクとやらが、どんな能力を保持しているのか、わからんでしょう？　おそらく、わたしに勝ち目はないかと」

「やるしかない、ノゴンよ」と、フルナンはいい、こう嘘をついた。「生命のドームに座す最長老が、階級闘技を所望しているのだから」

再度ノゴンはショックを受けた。最長老が決闘を所望しているのならば、それを逃れるすべはない。もし拒否すれば、ただちにおのれの地位を失うことになる。

「ゲリオクラートのご意志にしたがいます」ノゴンは意気消沈して言葉をついだ。そうしながら、いいしれぬ恐れや、はげしい怒りを必死におさえつける。「決闘は暗黒の時がはじまる前におこないましょう」

「よろしい、たいへんけっこう」と、それまで沈黙を守っていたカルクがほめた。「われわれ、遠くからきみの戦いぶりを見ているぞ。せいぜい首尾よくやるのだな、ノゴン。さもなくば、このメイカテンダー地区はほかのだれかが統治することになる」

「全力をつくしましょう」ノゴンはなんとか自制し、揺れ動く感情を相手に悟らせないようにした。「わたしがその異人を始末するところをお目にかけます」

「始末するのではなく、ただ闘技で勝てばいいのだ」と、フルナンは念を押した。それ以上はいわず、部屋を出ていく。カルクもあとにつづいた。

のこされたノゴンは、もはや自制できず、シートの前に置かれた大理石のテーブルをこぶしでたたき壊した。

それから、ゲリオクラートたちの命令を実行にうつすべく、大儀そうに立ちあがった。

＊

最長老が階級闘技を所望しているとノゴンにつげたのは、フルナンの嘘だった。カルクと考えた計画だ。階級闘技をおこなえば、都合よくサリクを捕らえて生きたまま最長老のもとにとどけられる。それで、さぞかしおぼえめでたいことになるだろう。

ノゴンはゲームの駒にすぎない。

カルクが都市搬送システムを呼びだした。二名は通りを一本だけ隔てたところへ行き、降りる。そこにある無人の家の上階から、ノゴンの要塞屋敷内がよく観察できるのだ。

二名は、そのときを辛抱強く待った。

＊

サリクとウェレベルは、ゲリオクラート二名が輸送球でノゴンの要塞を去るのを見ていた。

「これから、どうするので？」と、メイカテンダーがたずねる。「供給機にはまだ二度めのサインが見られませんが」

サリクはすぐには答えない。鋭い視線が、要塞の屋上に動く影をとらえた。ぼんやりとした姿が、屋上にすえられたスタルセン供給機に近づいていく。話に聞いていた体形と一致するので、あれがノゴンではないだろうか。

ウェレベルに注意をうながす。

メイカテンダーは明らかに驚いたようだ。

「たしかにあれはノゴンです！　スタルセン供給機の上に仁王立ちしています。いにしえの神々すべてにかけて！　その意味はただひとつ……！」

「どんな意味だね？」

「かれは階級闘技を要求しています、サリク！」

「闘技？　決闘のことか！　ならば、すみやかに受けて立とう」

「あなたは、階級闘技がなんたるかをご存じない。どんな決着を見るのかも。くわしく話す時間はありません。解決策はひとつだけ。われわれ、一刻も早くここから立ち去りましょう」

ウェレベルがおびえているのをサリクは感じたが、尻込みなどしなかった。なんらかの挑戦から逃げるのは自分の性に合わない。それがどんなに危険なものであっても。

かのようだ。

　サリクは要塞の屋上の影から目をそらさなかった。ノゴンは相《あ》いかわらず供給機の上で動かないまま。まるで、思念を深くこらしている
　すると、突然、その周囲の空気が熱を受けたように揺らめきだした。同時に空気の色が変化していき、ノゴンは黄金色のオーラにつつまれたようになる。

　ウェレベルは触手でサリクの腕を引っ張った。だが、サリクはそれを振りはらい、

「いったい、どうした?」

「ここを去りましょう! 手遅れになります。なぜ信じてくださらない?」

「すべてを先のばしすることになるだけだからだ、ウェレベル。どのみち、わたしはあの僭主と対決しなければならない。いまでなくても、いずれそうなる。なら、いまではいけないわけがあるか?」

「ですが……ああ、見てください! 遅かった。あなたはことがどう経過するのかを知らない。黄金色のオーラにわれわれも閉じこめられました。万事休すです」

　ウェレベルのいうとおり、かれらのまわりにも黄金色の光のヴェールが生じ、半球形にかこんでいた。サリクとウェレベルが発する音のほかはなにひとつ聞こえない。

　一戦まじえるという当初の考えをあきらめて、いまは逃走すべきと判断する。サリクは強いメンタル・インパルスを発して、都市搬送システムにコンタクトした。

だが、なにも起こらない。

輸送球は出現しなかった。黄金色のオーラはますます勢いを増し、ついに通りも広場も家々も、そして要塞さえも見えないほど、かれらを厚くとりかこむ。

「さて、どうなるかね？」と、サリクは見た目は冷静だった。

ウェレベルは、驚きと絶望をかくしきれないように、

「さて、どうなるかですって？」と、同じ言葉を返す。「われわれ、試験場に連れていかれます。そこで、雌雄が決せられるのです」

「試験場？」

「すぐに見られますよ」

「闘技がおこなわれる特別な場所ということだな……では、準備しよう！　われわれ、まだここに……」

そういいかけて、ふいにサリクは黙った。ベルトに手を伸ばしたが、そこに銃はない。ウェレベルの武器もなくなっている。交換用マガジンも食糧ののこりもきれいさっぱり消えていた。

「階級闘技には物質的武器は使用しないのです」と、ウェレベル。「精神の力をはかるのですから。しかし、あなたは被挑戦者として最後の瞬間に闘技方法を選択できます」

サリクは重力が失せたのがわかった。しかし、まわりに見えるのは黄金色のオーラだ

け。

すぐに振動を感じた。すんでのところで、両足のバランスをたもち、かたい平面に着地する。

黄金色のオーラは消えていた。

＊

試験場、すなわち闘技場は、巨大な円形で、まわりを黄金色のヴェールがとりかこんでいるため、その周辺はよく見えなかった。

このオーラの存在は合理的には説明できない。未知の作用によって、対戦する二者の脳内に〝かたちづくられた〟ものだからだ。それでも、まちがいなく物質としてあるのだから、スタルセン内部に存在するのにちがいない。おそらくは、ここの並行世界にあたる場所……すなわち別次元にあるのだろうが。

サリクはあとになってから考えても、このような疑問に対する理性的な答えをけっして見つけられなかった。なぜなら、かれが衝動のままに思いついたような答えはどれも奇抜すぎて、とても信じられないものだったから。

自分たちをとりかこんでいたオーラが消えたとき、サリクとウェレベルは闘技場のはしからそう遠くない砂の地面に立っていた。スタルセンの家々はまったく見えない。黄金色のヴェールがドームのように闘技場全体をおおって、完全に閉じている。

闘技場の反対側にオル・オン・ノゴンが立っていた。

「あなたに、三つの闘技方法から選ぶようにいってきます」と、メイカテンダーがささやく。「その後、わたしは闘技場のいちばんはしまでさがらなければなりません。賢い選択をなさい、サリク。それが勝利と敗北の決め手になります。ここではあなたは思考イメージを物質化させられる。それをよく考えてください。相手もそうです。精神すなわちメンタルの力がより強い者、より豊かな想像力を持つ者、よりすばやく空想世界に反応できる者が勝者となるのです。いまはこれ以上の助言はできません。しりぞいていなくては、決闘のじゃまになりますから。幸運を、サリク、わが友よ」

サリクはまだひとつたずねたいことがあったが、訊けなかった。だが、充分に情報を得た。

サリクとノゴンのあいだで、空気がホログラム・フィールドのようにきらめく。まるで巨大スクリーンのようだ。その上に……あるいはそのなかに……上下にならんだ三つの単語が浮かびあがった。

インターコスモで書かれている。故郷銀河の共通語だ！

幻覚だ！　と、サリクは混乱した。そうでなくてなんだ？

三つの単語は以下のとおり。

空想力
ヴァジェンダ潜在能力
深淵遊泳

一瞬、サリクはとほうにくれた。すでに遠くはなれているウェレベルのほうを見やる。しかし、メイカテンダーは中立を守り、無言のまま、なんのサインも見せなかった。

あらためて三つの言葉を吟味し、その背後にかくされた意味を読みとろうとする。

〝ヴァジェンダ潜在能力〟はまったく未知の概念で、想像すらつかない。それを闘技方法に選択するのはあまりに危険だ。

〝深淵遊泳〟も同じようなもの。なにかのスポーツ競技だろうか？　どんなもののなかを泳がされるというのか？

これには答えられないし、わずかなヒントもなかった。

のこるは〝空想力〟のみ。

サリクは、闘技場では思考を物質化させられるというウェレベルの言葉で、以前、ペリー・ローダンの話を聞いて強い興味をおぼえたことを即座に思いだした。

太陽系帝国の成立当初における遠征の話だ。テラナーたちは未知の惑星に着陸し、そこで体長十センチメートルほどの、アリに似た生物と出会った。知性体ではないだろうとみなし、それなりの対応をしたらしい。うっかりして踏みつけてしまうような。

それに対して、のちにモックと名乗ったこの生物は防御に出たという。なんと、かれらは思考を物質化させるという驚くべき能力を持っていた。その力を使い、巨大な怪獣をつくりだしたのだ。ローダン指揮下のテラナーたちは、破局を迎えたくないなら、モックの惑星から可及的すみやかに脱出するほかなかった。

空想力だ！

サリクがその言葉を心に浮かべたとたん、ほかの二単語はあとかたもなくなった。

十秒後、ホログラム・フィールド全体が消えた。

闘技場はまたからっぽになる。

サリクはおのれの選択と向きあうことになった。

＊

フルナンとカルクは、対戦者たちが見えなくなってもまだ、その無人の家の最上階に陣どっていた。闘技場が心理的現象であり、ノゴンもサリクもまだ〝手のとどくところ〟にいることはわかっていたから……たとえ、それがべつの次元であろうとも。

自分たちにできるのは、決闘の雌雄が決し、対戦者たちが……どちらか一方は勝者として……現実世界にもどってくるのを待つことだけだ。

サリクが勝つか負けるかなど、二名にはたいした意味はなかった。どちらにせよ、かれをつかまえて、最長老のところへ引っ立てればいい。

そのためにパラライザーを用意していた。これは、供給機からとりだしたものではないので、ふいに消えたりはしない。

フルナンはノゴンの要塞へ目をやった。要塞の屋上には、供給機以外のものはなにも見えない。立方体は相いかわらず黄金色の光をはなっていた。

「階級闘技は長引くかもしれません」と、隣りにいたカルクがつぶやいて、眼下の通りを見おろす。すこし前ほど往来がないわけではなかった。メイカテンダーたちが、暗黒の時がはじまる前に安全な場所に入ろうとして、あわただしく通りを走っている。ノゴンの傭兵たちでさえ闇を恐れて、要塞に向かって急いでいた。「長すぎないといいですが」

フルナンは要塞の屋上のスタルセン供給機から目をそらさない。

「もうまもなくだ、カルク。ここにいれば、さしあたっては安全だ。だが、建物のドアは壊れている。鋼の兵士たちが押し入る気になり、われわれを見つけたら……」

だれかに嘴をつかまれたように、フルナンは押し黙った。

そのとき、ノゴンの要塞の屋上のスタルセン供給機が十秒ほど暗くなり、再度もとのように黄金色に輝きだす。

二度めの警告だ！　暗黒の時がはじまるまで、もういくらもなさそうだ。三度めの徴候のあと、すぐにははじまる。数秒もたたないうちに……

「あなたはなにを待っているので？」と、カルクは神経質に問いかける。

フルナンはおちつかないようすで、その場で足踏みをしながら、

「闘技の決着だ。最長老に脅されたのを忘れたとみえるが、サリクを無傷のまま捕らえなければ、われわれ、生命のドームに入るのを拒絶されるのだぞ。その意味はわかっているはず」

「まもなく死ぬことになりますね」と、カルクは陰鬱《いんうつ》な面持ちだ。「あなたのいうとおりです、フルナン。われわれ、ほかに選択の余地はありません。武器も携帯していますし」

「鋼の兵士たちも武装している。だが、それはわれわれが引き受けなければならぬリスクだ」

二名が見ていた通りは、あっという間にだれもいなくなった。最後のメイカテンダーが自分の家に入り、ドアを閉めた。そんなドアなど、鋼の兵士たちが踏みこんできたらひとたまりもなさそうだ。

両ゲリオクラートは、ずっとノゴンの要塞の屋上をにらんでいたが、まだなんの動きもなかった。階級闘技が終わったら、ノゴンはもとのように供給機の上に仁王立ちし、サリクは下にある通りのはしにあらわれるはず……自由意志にせよそうでないせよ、かれにつきしたがっているメイカテンダーとともに。

カルクにある考えが浮かんだ。

「われわれ、階下におりて、サリクがあらわれるはずの場所に行ってはどうです？　家の出入口にかくれていれば、鋼の兵士にも見つかりません」

フルナンはその提案をしりぞけるのをためらった。一考に値《あた》いすると思ったのだ。そのほうが、時間を稼げるのはたしか。サリクがあらわれるまでここで待っていたら、階下におりていくあいだに、逃げられてしまうかもしれない。

「その提案はよかろう」しぶしぶ賛成する。「ここにいたら、鋼の兵士たちが押し入ろうという考えにいたった場合、罠にはまってしまう。行くとしよう」

かれらは大急ぎでもろい珊瑚の階段を駆けおり、出入口のところで立ちどまった。フルナンが外をのぞく。なんの影も見えない。

家を飛びだし、要塞の前の広場と境界を接する通りに沿って全力で走り、かつてサリクが立っていた場所に着く。かくれ場もある程度あった。

まだ薄明かりはのこっていた。要塞の屋上のスタルセン供給機も相いかわらず光をはなっている。

家々がならぶすみにたどりつくと、通りの反対側に入口がひとつ見えた。ドアはない。かれらは即座にそのなかに跳びこんだ。

カルクははげしく息を切らしていた。

「われわれ、なぜ輸送球を呼ばなかったのか！」と、あえぎながら、うっかりしていた自分に腹をたてる。

「一機でもここにくるとは思えん」と、フルナン。

そうだった、と、カルクも思いだした。かれらは依然として想像上の闘技場にいるのだ。たとえ、それを見ることはなくても。

「三度めのシグナルだ！」フルナンがふいに声を発した。

カルクは急いで要塞の屋根を見あげる。スタルセン供給機の光は消えていた。屋上には暗い色をした立方体があるだけ。

だが、スタルセンの上空にはまだ明るさがのこっていた。

しかし、五時間つづく暗黒の時が刻一刻と迫っている。

両ゲリオクラートは待った。

息を詰めて。

そして、ふたつのことが同時に起こった……

4

ホログラム・フィールドが消えたとたん、ジェン・サリクの目の前の景色が変化した。かれとオル・オン・ノゴンのあいだに、熱帯を思わせる原初の風景が魔法のようにあらわれたのだ。巨大な樹木が虚無から物質化して、視界がさえぎられる。目の前に突然、色鮮やかに光る沼が出てきた。不透明な水面の下は怪しげにわきたっている。

無意識にサリクは数歩あとずさる。すでに幻覚の虜《とりこ》となっているのか、それともすべて現実なのか、わからない。ここでは思念が物質化するのだと、ウェレベルがいっていた。

とすれば、目にしているものは現実だ。

ノゴンがなにを意図しているのか考えているうちに、ふたりとも原始の風景のなかに移行していた。沼のなかに黒い島のようなものがふたつ浮いている。島は緩慢に揺れている波をあらゆる方向に分けて、みるみる大きくなっていく。

ふたつの〝島〟が頭部と胴体になり、テラの恐竜を思わせる狂暴な怪獣になった。

怪獣はサリクのほうへ頭を向け、ゆっくりと向かってくる。残忍に輝くちいさな目に魅入られたまま、サリクは無意識に数歩、後退した。

その刹那、ウェレベルがくれたわずかなヒントが頭に浮かぶ。いまこそそれを実行するときだ。サリクはこの怪獣に敵対する、同じく巨大なもう一頭の怪獣を思い浮かべるよりほかはなかった。

思い浮かべたとたん、すぐ前にある乾いた砂のなかにそれがあらわれる。左右に打ちつけられる巨獣の長い尾が当たらないよう、サリクはすばやくわきに跳びのいた。

二頭の怪獣は、躊躇《ちゅうちょ》なく相手に襲いかかっていく。しわがれた声で吠えたてながら、たちまち生死をかけた戦いをはじめた。サリクはすばやく反応したため、とりあえず余裕ができた。これで本来の階級闘技の決着がつくわけではないが。

決着をつけるには、空想上の被造物のひとつが敵ノゴンに直接、触れることが必要なのだ。そのさい、ほんものの獣であるか想像の産物であるかは関係ない。

両怪獣は、戦いが終わる前に消えた。それで、サリクはあらたなヒントをつかんだ。両者の力が中和されたとたん……つまり、力が同じになったとたん……物質化した思念は消失してしまうのだ。もし〝サリクの〟怪獣のほうが強ければ、ノゴンの獣を負かしていたはず。そして、敵に先んじていただろう。

重要なのは、階級闘技のルールがはっきりわかったことだ。いかに重要かわかるのは、まだこれからだが。

二頭の怪獣とともに、沼もまた消えた。森のはずれまでずっと、闘技場の砂地がひろがっている。植生はまったくない。

森から奇妙な生物の群れがあらわれたのを見て、サリクは驚いた。その者たちは、投げ槍と棍棒で武装して、かれのほうに殺到してくる。どれも同じ容貌で、例外なく、たったひとつの思考に囚《とら》われているようだ。四本の脚を使ってものすごい速度で走り、長い腕で武器を振りまわしている。のんびりかまえてはいられなかった。

かれらの槍一本が命中したら、あるいは身をかすめただけでも、階級闘技は決定的に不利となるはず。

これらの攻撃者たちに、べつの生物の群れをけしかけるというのは無意味だろう。より効果的な武器を持たせたとしても、大虐殺の結末がどうなるかは不透明なままだ。

最初の投げ槍が、サリクの足もとから十二メートルほどの砂地に刺さって揺れた。次の槍は、さらに至近距離に突き刺さる。

その瞬間、解決策がひらめいた。その思念を物質化させる。

物質化しても、それは目には見えなかった。

次の槍は、まちがいなくサリクのからだに命中するはずだったが、飛んでいる途中で見えないエネルギー壁にぶつかった。この壁はどんな物体も通さない。槍はなにも傷つけずに落下し、砂地にまっすぐに突き刺さった。

見えない壁に殺到してきた攻撃者たちは、声なき叫びをあげて……サリクはかれらの口の動きでそれがわかるだけだ……地面に転がり、あっという間に消えてしまった。敗北ののち、霧散したのだ。

サリクはかがんで石をひとつひろうと、確認するために、見えない壁に向かって投げつけてみた。

エネルギー壁はまだ持ちこたえていた。

壁よ、移動しろ……と、思考をこらす。存在したまま、ノゴンがいるほうに動くのだ。かれはエネルギー壁には対抗できまい。

サリクの眼前でとほうもない見世物がくりひろげられた。その原因を知らない観客には、さぞかしめずらしく、また不可思議な場面に見えただろう。

エネルギー壁が移動するにつれ、砂の隆起がひとりでにたいらになっていき、それが原始林のはしへとおおいかぶさるように見えた。森林は、その奥の高みに立っているノゴンをほとんどかくしているが、その幅は二十メートルもないだろう。

いちばん前にあって巨大なシダ植物を思わせる樹木の、張りだした梢が突き進む壁に触れると、まるでガラス板に押しつけられたように変形しはじめた。それから、根こそぎ抜かれて倒れる。

ほかの木々も同じようになり、一直線に押し倒されていき……すべて消えた。しかし、ここでようやくわれに返ったノゴンが反応した。間一髪だった。なぜなら、サリクの概算だと、エネルギー壁はノゴンからほんの数メートルしかはなれていなかったからだ。

ノゴンも似たような壁をこしらえた。すると、ぎらつく光とともに、力の中和作用が起こった。

どちらの壁も、もう存在しない。

永遠につづくかと思える長い数秒のあと、試験場は階級闘技がはじまった当初のまま、なにもないでこぼこした砂地にもどった。

サリクは思いきって振りかえる。ウェレベルはもとの場所に立って、待機していた。短い翼をすこしばかり震わせ、これまでの決闘の経過に安堵しているようだ。

鋭く空を切り裂く音にサリクははっとした。電光石火、反応する以外にない。それで勝利が得られないとしても、すくなくとも敵の勝利は防げる。

銀色に輝く宙雷形の飛翔体が向かってきた。迫りくるロケット兵器を空中で無力化しなければ、あやうく命中するところだった。

ノゴンはなおも同じ攻撃を続行してくる。そのたびに、サリクはみごとに撃ち落とした。ここであらたにわかったことがある。さまざまな思念の物質化は、闘技場の半分にあたる自陣でしかできないのだ。敵の陣地で空想の生物や物体を出そうとすれば、どんな試みも失敗する。つまりは、なにも生じないということ。

しごく論理的だ。さもなくば、敵を驚かせるのも、敵に触れるのも、たやすいことになってしまう。

闘技場はふたたびからっぽになった。ノゴンの空想力がつきたようだ。サリクはこちらから攻撃に転じることにした。相手と同じ方法では無意味だろう。予想外の方法を選択しなければならない。およそ思いがけないなにかを。

しかも、とても目立たなくて、敵がそれと気づかないものを。

敵に触れなくてはならない物質の大きさについては、どこにも指示されていないようだった。

それが答えだ！

サリクは巨大な怪物や死の砲弾のかわりに、色とりどりの花が咲く草原を自陣に敷きつめた。そこではウサギたちがはねまわり、ミツバチの群れやほかの昆虫、蝶も蜜をもとめて飛びかっている。

突然の平和な風景に、ノゴンは心底驚かされた。いったいなにが自分に向けられたのか、むろんわからない。これまでのやり方は役にたたなかったのだから、こんども役にたつまい。それにしても、と、ノゴンは必死に考えた。あの高地からきた異人は、この無害でおだやかに見える景色でなにを意図しているのか？

それを知らなくては。たとえ、手遅れになるとしても。

草原はこれ以上、ノゴンのほうにのびてこない。そこでかれは、物質化した生物のうち、とくに見知らぬウサギたちに目をとめた。ウサギは闘技場の境界をこえて、跳びはねてくる。そこには草などないのに。

ウサギたちはノゴンをめざし、跳びはねながら近づいてきた。

ノゴンは、うつろに、声を響かせて笑った。

ウサギたちに向かって、犬に似た動物をけしかける。犬たちはあっという間にそれらを追いつめ、その後、弱い小動物をまさしく狩りたてて始末した。ノゴンはサディスティックな満足をおぼえてそれを見た。思念の産物が実際にそこに存在するわけではまったくないにもかかわらず。

そのとき、花が咲いている草原の向こうでは、かれの敵である高地からの憎き異人が立って……自分と同じように笑っていた。

笑ってなどいられないぞ、と、ノゴンは腹をたて、この平和の景色を、考えだせるかぎりの最新ロケット兵器の集中攻撃で破壊すると決意する。

その計画を実行にうつそうとしたとき、頬に軽い動きを感じた。

おそるおそる頭をめぐらすと、肩に色鮮やかなちいさな蝶がとまっているのが見えた。

ノゴンは生涯、蝶など見たことはなかったが、それはどうでもいい。そのちっぽけな生物は、敵の思念が物質化したもの。生物は、敵の思念が物質化したもの。それが知らぬ間に近づいてきて、かれに触れたのだ。

かれはサリクに負けたということ。

落胆のほどはあまりにはげしく、ノゴンは地面に倒れこんで起きあがれない。蝶のほうは、驚いて飛び去った。

飛びながら非物質化していく。花の咲いた草原もほかの動物たちも、みな一瞬にしていずこともなく消え去った。

サリクは地面に倒れているノゴンを見て、階級闘技に勝利したと悟った。ウェレベルがなにか大声で叫びながら駆けよってきた。

「やりましたね！　本当に、あなたはやりとげた！　でも、どうしてこんなことができたのです？　ノゴンに触れたのはなんだったか、わかりませんでした」

「とてもちいさくて、無害なものだ」と、サリクは感慨深げにいう。

「とてもちいさくて、無害なもの？」メイカテンダーは不思議がった。

「そして、ノゴンの対抗意識が働かないほど平和的なものだ」

「平和的な……？」ウェレベルにはもうまったくわからないようだ。

「そう。それに、かれには美しすぎるものだな」周囲の風景はまだ変わらない。かれらはサリクの陣地にいた。反対側ではノゴンがようやく敗北から立ちなおりはじめたようだ。「さて、これからどうなるのだ？」

ウェレベルはわれに返って、

「ノゴンは第二階級市民に降格し、あなたが当面このメイカテンダー地区の支配者となります。だれかべつの者が挑戦してきて、勝利するまでは。で、わたしは……いまからあなたの第一従者です」

「これまでも、ずっとそうだったぞ、ウェレベル。わたしはこの地区を支配することなど興味はない。この僭主を無害化するのが重要だった。メイカテンダーたちを助けたかっただけだ」

「そのことには、感謝しきれないほどです、サリク。ごらんください、黄金色のオーラが濃くなってきました。われわれ、もどらなければ……」

あたりがまた暗くなりはじめ、スタルセンにのこるのはもはや〝昼の光〟のなごりのみとなっている。サリクとウェレベルはふたたび通りの角に立っていた。要塞屋敷を見あげると、敗北したノゴンが供給機の上に立っているのが見えた。

供給機はいまは真っ黒な塊りでしかない。

「三度めの、最後の警告シグナルです！」と、ウェレベル。「いまにも、暗黒の時がはじまります。われわれ、安全をはからなければなりません。早急に！」

動きだした瞬間、パラライザーのエネルギー・ビーム二条がかれらをかすめ、いましがたまで立っていた場所に当たった。通りの向こうから、ゲリオクラート二名が武器をこちらに向け、あらたに照準を合わせようとしている。

その刹那、スタルセンから光が消えた。

*

フルナン2317とカルク978はなにも見えなくなって、凍りついたように立ちつくしていた。闇に目が慣れるまで、しばらく時間がかかるはず。サリクを抹殺する計画は失敗した。

耳をすますと、即座に走り去っていく足音が聞こえた。二名はつまずきながら、やみくもにそのあとを追うが、突然の闇の到来にいまだ視界がきかない。

自分たちの地位の今後の安泰を決定する最長老の用命にこたえようと、二名は必死になり、いまだ姿を見せぬ鋼の兵士への恐れを振りはらった。

パラライザーを携帯しているのが、わずかなたのみとなる。不注意になることはあるまい。

建物の壁ぎわに立つ。しだいにではあるが、近くの景色がおぼろげに見えるようになった。深淵年の明るさとくらべたら真っ暗だが、暗黒の時とはいえ、まったく光がないわけでもない。

逃走者たちの足音はかなり遠ざかったが、方向を変えていなければ、たぶんまだ追いつけるはず。そうかんたんにはあきらめたくない。

かれらのいる通りに、さらに細い脇道がつながっていた。

カルクがフルナンを引きとめた。

「右方向になにかがいます。こっちへ向かってくる」

フルナンがさらに目をこらすと、鋼の兵士のものらしき影がふたつ、接近してくるのが見えた。犬ほどの大きさで、鋼の甲冑《かっちゅう》をまとい、昆虫のアリによく似ていて、強力な把握器官のなかに武器をひそませている。それが、その脇道のまんなかに立ちどまっていた。ほかに仲間はいないようだ。

「あいつらが先遣隊だな」と、フルナン。「すぐに、あとから仲間がくるはず」

「どうします?」

「こちらから撃とう。そうしないと、先に進めない。サリクを逃してしまう」

かれらは、鋼の支配者の部下二名が近くにくるのを待ち、突然パラライザーを浴びせかけた。一瞬、きらめくビームが暗い道にはしり、目もくらむ光が家の壁を照らす。そして、すぐに消えた。

兵士たちは麻痺して倒れこみ、ぴくりとも動かなくなった。暗黒の時が終わるまで、もう動くことはないだろう。

フルナンとカルクは、すばやくその脇道を横切り、ひろい通りに出て逃走者たちを追いはじめた。しかし、あまりに時間を費《つい》やしてしまったため、相手ははるか先へと急ぎ足で遠ざかっていた。

＊

雨が降りだした。

サリクとウェレベルは、とある家のアーチ門の下に身をかくした。門の内側にはどっしりとした珊瑚製の扉が閉まっている。道具でもなければ破れまい。

「ここにも雨が降るのか？」と、サリクは不思議がる。

ウェレベルは門外のぐるりのようすをうかがいながら、返事をした。

「たまに、暗黒の時のあいだだけですが。そのあと、いくらか涼しくなります」

サリクはスタルセンの気候にはまったく文句がなかった。暑すぎず、寒すぎない。いささか気になることといえば、ひとつの地区からべつの地区へうつるときの重力差だけ。空気中の酸素量も一定ではなかった。

「なにか見えるかね？」

メイカテンダーは曖昧《あいまい》なそぶりを見せた。

「いまのところはなにも。けれど、ゲリオクラート二名がすぐ近くまで追ってきているはずです。われわれをどうするつもりでしょうか。かれら、鋼の兵士たちを恐れているはずなのに、暗黒の時にこんなところに出てきているのですから、きっとなにかの理由がありますね」

「狙いはこのわたしだろう」と、サリク。「いまは、きみのこともな」

「たぶん、こちらの足どりを見失ったかも」と、ウェレベルが期待する。

雨は弱い霧雨に変わった。いずれにせよ、視界はさらにきかなくなった。

「われわれ、もっといいかくれ場を見つけなければ」と、サリク。「あらたな深淵年がはじまれば、危険もすくなくなるはず。それまでには、わたしの友アトランとチュルチももどってくるかもしれない。おそらく、従者たちを連れてな」

「あなたはメイカテンダー地区のあらたな支配者という地位を活用してください」と、ウェレベルがいう。

「どうやって？ ゲリオクラートたちがそれを顧慮すると思うか？ わたしはそうは思わない」と、サリク。

ウェレベルが首を引っこめた。

「鋼の兵士がきます」と、ささやく。「われわれには武器がありません」

「どれほどの人数かね？」

「すくなくとも一ダースの群れです。かれら、われわれよりもずっと暗闇で目がききます」

サリクは背後に目をやった。

「ここから気づかれずにしりぞくことはできまい。ならば、ここにいて、動かないことだ。この門の下は通りよりも暗いはず」

ふたりはできるだけ門の両すみにからだを押しつけた。無理にも息をひそめる。

鋼の兵士の群れは、ふたりが逃げてきたのとは反対の方向から接近してきた。ときま立ちどまっては、数名が家屋のなかに押し入っている。しばらくして、かれらが捕虜も連れずに出てくるのを見て、サリクは驚く。あとで、ウェレベルが教えてくれた。かれらは先遣隊にすぎず、無防備なメイカテンダーに麻痺ビームを浴びせて無力化したのち、先に進んでいくのだという。あとからやってきた部隊がその者たちを拉致していくそうだ。

鋼の兵士たちが殺傷兵器を携帯していることもわかった。だが、それはゲリオクラートや友愛団の者たちにのみ向けられる。友愛団のことはサリクも知っていた。プシオニカーたちの団体で、超能力を持つ第一階級市民の集まりだ。

さいわい、兵士の群れは通りの反対側の家々にしか関心がないようだ。おそらく、あとからもどって、こちらの側の家にとりくむのだろう。

「幸運でした」と、ウェレベルが安堵の息をついた。「でも、かれらがもどってきたり、略奪部隊があさりにきたりせぬうちに、ここから出なくては。わたしの氏族の家が安全かはわかりませんが、秘密の通路にかくれることはできます」

サリクは鋼の兵士たちから目をはなさなかったが、距離があるので、よくわからない。しかし、突然はっきりと見えるようになった。

近くでエネルギー銃がはなたれ、兵士たちを灼熱の光でつつんだのだ。この奇襲は成功し、通りにいた鋼の兵士の群れ全体は前進を阻《はば》まれる。収束エネルギー・ビーム二条が二名の兵士をとらえた。どちらも逃れられなかった。

「ゲリオクラートです」ウェレベルがささやく。「かれらが鋼の兵士を攻撃した」

「退避だ!」サリクはウェレベルを引っ張った。「どこでもいい! あそこへ、あの脇道へ!」

ウェレベルはうろたえている。

「わたしも知らない地区です。迷子になります」

「明るくなれば、どこだかわかるはず。さ、とにかくくるんだ! ゲリオクラートたちと顔を合わせたくはない」

ウェレベルが恐怖心をいだいているのが、サリクにはよくわかった。未知地区に対する恐れなのか?

ひろい通りを走りぬけ、細い通りに跳びこむ。ウェレベルは文字どおり足を引きずるようにしてついてくるが、遠く背後であらたにエネルギー銃が炸裂すると、あわてて走りだした。

「なにを恐がっている?」と、サリクが問いつめた。「スタルセンはどこもかしこも危険だらけだろう。それとも、ここはさらに危険なのか?」

「わかりません。ここにはきたことがないので」ウェレベルは泣きだしそうだ。

嘘をついていないのは、サリクにもわかる。だが、従者の挙動には、たんに奇妙だという以上のなにかがありそうだ。この地区のこの場所に、予想もつかない危険があるのか? おそらくウェレベルも、それについては聞いたことがあるだけなのだろう。あるいは、サリクを恐ろしい事実に直面させたくないのか?

なにがどうであれ、先に進まなければならない。

外見的には、その地区の建物はほかと変わりなかった。ところが、サリクが観察したところ、大部分の場所が見捨てられたような感じだという気がした。ただ見ただけでもわかる。

ほとんどの家にはドアというものがなく、壁も崩れ落ちそうだ。ところどころ、その壁が半壊している。通りにも崩れた壁の残骸が散らばっていて、つまずかないように、避けていかなければならなかった。

だが、その瓦礫《がれき》もまた、いいかくれ場となる。

そのとき、こちらに向かってくる鋼の兵士たち数名の輪郭が闇のなかに浮かびあがった。サリクはウェレベルをわきに引っ張り、崩れた珊瑚の壁によじのぼると、そのうしろにかくれる。

鋼の兵士たちは廃屋には目もくれず通りすぎていった。どうやら、ここを住居地区への近道に利用しただけのようだ。ここには、持っていく値打ちのあるものなどひとつもなさそうだから。

「ほかのどこより安全そうだな」サリクはそう推測すると、安堵して、「ここにいよう」

「ここに？」と、ウェレベルは、気が進まないようにささやいた。

「では、どこに行ったらいい？　きみも見たろう。鋼の兵士たちは、廃屋には一顧だにせず通りすぎていった。それは、ゲリオクラートたちも同じはず。こんなところを捜索しないさ」

メイカテンダーは返事をしなかった。

＊

一時間は過ぎただろうか。サリクが仮眠をとるあいだ、ウェレベルが見張りをした。

ひどく恐れているため、眠気も吹き飛んでいるようだ。

眠っている深淵の騎士を、ウェレベルが翼でつついた。

「だれかがこちらにきます」やっと聞こえるほどの小声でささやく。

サリクは即座に目をさました。

眠りについたときよりも、まわりがよく見える。ウェレベルにかくれていろといい、自分は身を乗りだして通りを見わたした。

右方向から、ぼんやりとしかわからない姿が近づいていた。体形から判断するに、鋼の兵士でもメイカテンダーでもない。ヒューマノイドのようだと、サリクは思った。細心の注意をはらって、近づいてくる相手を凝視した。

振り向いて、ささやく。

「何者かわかるか、ウェレベル？」

ウェレベルはサリクと肩をならべるほど這いだしてきた。しばらくして、自信なさげにささやく。

「何者なのかわかりませんが、ノゴン配下の傭兵かもしれません。傭兵たちはもうノゴンにしたがう必要もなくなり、いま主人がいないのです。あの男は要塞屋敷をはなれて、あらたな主人を探し、従者になるつもりでしょう」

サリクは考えこんだ。

ウェレベルのいうとおりだとしたら、ノゴンはすべての隷属民を失ったことになる。こちらにやってくる者が、あらたな盟友となるかもしれなかった。

ひょっとしてではあるが。

こちらの存在を知らせるかどうか、まだ考えているあいだに、思考が中断された。遠くから、明らかに鋼の兵士とわかる一群の足音が響いてきたのだ。ヒューマノイドは立ちどまり、ほんの一瞬だけ耳をそばだてた。それから方向をなかば転じると、大あわてで廃屋のほうへ駆けより、崩れた壁をよじのぼってきた。

あやうく自分の上に落ちてきそうな男を、サリクはすばやくつかまえて、支えてやった。

「心配ない、なにもしないから」と、驚いて震えている相手をおちつかせる。「きみは何者かね？」

未知者は地面に倒れこむ。

「鋼の兵士に追われたのです。すぐに、ここにもやってきます」

「わかっている。だから、おちついてくれ。ここは、いいかくれ場だ」

未知者は、遠目から人間のように見えただけだった。腕も脚も二本ずつではあるけれど、樽のようなからだつきで、頸を持たず、幅のひろい肩に直接、球形の頭が乗っていた。長い嘴が、鳥類を思わせる。

鋼の兵士たちの足音が近づき、狼の群れのように廃屋地区を走りぬけて遠ざかっても、未知者はまだ震えがとまらなかった。徹底的な捜索など、兵士たちには不可能なのだが。

足音がかなり遠ざかったのをたしかめ、サリクはまた未知者と向きあった。

「きみは何者か？」と、再度問いただす。「正直にいってくれ。われわれ、敵ではない」

そう声をかけられた相手は、驚くほど早くショックから立ちなおった。

「わたしはクセルクス。階級闘技に敗《やぶ》れて地位を剝奪されたノゴンの傭兵でした。いまは、新しい主人を……」そこまでいって、ふいに口ごもり、あらためてサリクのほうを注意深く見つめた。両手を高くさしあげて、防御のしぐさを見せる。「あなただ！　高地からきた異人で、いまはメイカテンダー地区の新しい支配者！」

「わたしはサリクだ。そして、こっちはわが従者のウェレベル」

クセルクスは安堵したようだ。

「ならば、あなたはわたしの新しい主人ですね、サリク。ノゴンに仕えていたときと同じくあなたに仕えます。ゲリオクラートのおぼえめでたきように、貢ぎ物奴隷をたくさん調達し……」

サリクは手の動きでそれを制した。

「貢ぎ物奴隷などいらない、クセルクス。わたしは、鋼の支配者と対峙《たいじ》したいだけだ。

面と向かってな」

クセルクスは、驚いてあとずさる。

「そんなことをしたら死にますぞ、サリク」

「そうともかぎらん。ウェレベルもできるかぎり、その計画に協力してくれる。わたしにしたがうかどうかはきみの自由だ。いつでも、好きな道を行くがいい」

暗黒の時はあと三時間はつづくはずとサリクは考えていた。夜が明ければ、また都市搬送システムが使える。なにより鋼の兵士たちが通りから消え、危険もなくなるはず。

しばらく黙考してから、クセルクスは口を開いた。

「あなたがたのもとにとどまります。ですが、この場所はいつまでも安全とはいえません。鋼の兵士たちが住居地区を探しつくしたら、逃亡者を追ってこの廃屋にあらわれます。それまで、一時間もないでしょう」

クセルクスは、サリクがよく聞きとれるアルマダ共通語を話す。それで、かれの種族の出自がはっきりわかった。

ウェレベルはこのあいだに、ノゴンのかつての手先への本能的恐怖を克服したようだ。クセルクスは、メイカテンダーたちを捕らえようと通りを闊歩《かっぽ》するほかの傭兵とは、もはや無関係だと。ウェレベルは立ちあがると、珊瑚の塊りの上にすわりこんだ。その椅子は、背中の翼のせいで快適ではなさそうだったが。

「われわれ、安全に身をかくすには、どこへ行ったらいいかね、クセルクス？」と、サリク。「居住地区へもどるか？」

「いえ、それでは、鋼の兵士たちがこちらにもどってきたら遭遇してしまう。ずっといい場所を知っています。そこなら、鋼の兵士たちもあえて入ってはきません……入るとしても、いやいやながらでしょう」

「それはどこかね？」と、サリクはあらたな希望を感じた。

「遠くありません。ついてきてください、案内します」

だが、サリクはどうも気乗りがしなかった。鋼の兵士たちを回避できるということは、かれらが恐れるような重大で危険な要素がある場所にちがいない。ウェレベルも同じく不安でならないようだ。用心深くたずねている。

「そんな場所ならわたしもよく知っているはずですが、クセルクス。違いますか？」

「いや、知らないと思う。だが、われわれ、ここでぐずぐずしていたら貴重な時間を失ってしまう。鋼の兵士たちが、いつもどってくるかわからない」

「追ってくるのは、かれらだけではないだろう」と、サリク。「ノゴンとの階級闘技を要求したゲリオクラート二名が、こちらを執拗に追っている。その理由は不明だが」

「わたしにはわかります、サリク。かれらがノゴンを訪ねて、あなたとの階級闘技を要求したとき、わたしは要塞にいましたから。あなたは闘技に勝利したので、それによってゲリオクラートたちに義務を負ったことになる。かれら、滞納している貢ぎ物をあなたが持ってくるのを待っているのでしょう……メイカテンダーの捕虜五十名を」

「それだけで、追ってきていると？　まだこちらが知らないべつの理由があるはず」

「そうですね」と、クセルクスもうなずいた。「さもなくば、暗黒の時であるのにこんな場所にくるはずがない。鋼の兵士たちは仇敵《きゆうてき》なのですから」半分ほど身を起こし、通りのようすをうかがっている。「われわれ、行かなければ」

「どっちの方角へ？」と、ウェレベル。

「左だ。廃墟地区の中心部だ」と、クセルクス。

メイカテンダーは驚きをあらわにした。

「だれもそこへは行きません。そこへ踏みこんだ者は、二度ともどってきません」

「ばかな！」と、クセルクス。よほど自信があるようすだ。「それは意図的に流されたつくり話にすぎんよ、ウェレベル。ここで鋼の兵士たちに見つかるまで待つつもりか？」

それもまた、さらにごめんこうむりたい。メイカテンダーはそう思った。

しかし、廃墟地区について聞いていることについては口をつぐむ。サリクに不安をいだかせたくなかったのだ。それで、新しい従者の申し出に賛成した。

通りのようすをうかがい、近くにだれもいないのをたしかめると、かれらはクセルクスを先頭にして歩きだした。

「以前にここにきたことはあるのか、ウェレベル？」と、サリク。

「いえ、一度もありません、サリク。長いこと住民のいないこの地区の、恐ろしい噂だけは聞いていますが。ときおり、貢ぎ物狩りや鋼の兵士に追われてここへ逃げこむメイカテンダーもいましたが、二度ともどってきませんでした」

「その者たちは追跡者につかまったのだろう」と、サリクはありそうな答えを見つけた。

「かもしれないし、そうでないかも」ウェレベルはそういって、また黙りこんだ。

かれらの遠くうしろで、またエネルギー銃が光をはなった。だが、前方はまったくからっぽで、荒涼としている。

ゲリオクラートたちが、ふたたび姿を見せないことで、サリクは逆説的な不安をいだきはじめた。

それとも、かれら、鋼の兵士たちの犠牲になったのか？

「すぐに着きます！」クセルクスの声でわれに返る。

通りはひろくて大きな広場で終わっていた。そこには家も廃屋もなかった。

だが、広場の中央にだけ、あまり高層でない四角い建物がひとつ立っている。崩れてもいなかった。極彩色に輝いていて、闇のなかでもはっきりとその姿がわかる。

ウェレベルが、なかば息が詰まったような叫び声をあげた。

「だめだ！」狼狽《ろうばい》したようにささやく。

「だめです。あそこだけは！」

「ようやく着きましたぞ！」サリクがなにか問う前に、クセルクスがいった。

周囲には目もくれず、がらんとした広場を横切り、奇妙で秘密めいたその建物に向かっていく。

ほかのふたりは、ためらいがちについていった。

5

フルナン2317とカルク978は逃亡者二名の行方を見失ってしまった。

だが、かれらはいま、もっといい武器を持っている。パラライザーで無力化した鋼の兵士から奪った、殺傷力があり射程距離の長いエネルギー銃だ。

個々の地域をパトロールするのはたいへんな作業ではなかった。なぜなら、平和を好むメイカテンダーに思いのままに力をふるえることを自覚している鋼の兵士たちは、油断して不注意になっているからだ。はげしい抵抗があるとは予想していない。

不意を襲えばそれだけ、両ゲリオクラートの奇襲は成功するだろう。

それに、フルナンとカルクのほうは油断しないよう気をつけている。

かれらは都市区域をほとんど徹底的に捜索していった。しかし、それでも、ジェン・サリクとその同行者であるメイカテンダーを見失ったと認めざるをえなかった。

暗黒の時は、すでに半分ほど過ぎていた。

「明るくなれば、きっと見つかります。鋼の兵士も立ち去るし、ノゴンの傭兵たちもいまは危険ではありません」カルクはそういって、大きな家の出入口をさししめした。

「あの屋上に行ってみましょう。もっと視界が開けるはず」

二名は、おびえて自室にうずくまり、ひたすら明るくなるのを待っている住民たちには、目もくれなかった。

屋上は平坦で、低い手すりにかこまれていた。

そこから全域が見わたせたが、期待していたほど視界はきかなかった。道路と大きな建物の輪郭がぼんやりと知れるだけ。

「明るくなるまで、ここで待っていたらどうでしょう」と、カルクがいった。

物音を耳にしたフルナンが手すりから身を乗りだし、下方をのぞき見る。

「鋼の兵士の部隊がいる」と、小声でいった。「無人地区の方向へ移動中だ。狩りの仕上げだな」

「廃墟地区へ……?」カルクはなにかひらめいたようだが、口には出さない。が、フルナンは察したようだ。

「声でわかるぞ、カルク。考えを口にしたくないのかね？　廃墟がどうしたというのか？」

「あそこは、たくさんのいいかくれ場があります、フルナン。サリクもわれわれと同じように考えるはず。なにより、ここをよく知っているメイカテンダーがいっしょです」

フルナンはカルクの推測に一理あると認めざるをえなかった。怪しげなそのあたりに目をこらすが、闇のなかの廃墟はよく見えない。

「廃墟地区は呪われているのだぞ、カルク」と、念を押す。

「廃墟がどんなものであるか、わたしにたずねるなら、自分で答えてください。鋼の兵士たちでさえ、あの瓦礫の野原にはめったに入らず、入るとしても、かなりの大人数でです。われわれが知っているのはそれだけで、それ以上のことは知りません。ですが、あそこになにか危険があるのはまちがいない。それも、死をまねくような」

「なぜ、だれもどんな危険かを知らないのだ？　なぜ、その危険を名前で呼ばない？」

カルクは、本当はいおうとした以上のことを知っているとしても、かたくなに沈黙をつらぬいている。黙って暗い通りを見おろした。

ようやくイニシアティヴをとったのは、フルナンだった。

「ここで、明るくなるまで待つというのかね？　手遅れになってしまうぞ。われわれ、いい武器を奪った。いかにうまく鋼の兵士を始末したか、きみも自分で見ただろう。サリクを捕らえなければならない。なにがなんでも！」

「よろしい、まいりましょう」と、即座にカルクも同意した。

通りにおりて、全方向に注意をはらったが、疑わしいものは皆無《かいむ》。周囲は静寂そのものだった。鋼の兵士たちは、いつもより早く活動をあきらめたようだ。カルクがそう指

摘すると、

「ノゴンの失脚と関係ありそうだ」と、フルナンは答えた。「鋼の支配者があらたな指令を発したのかもしれないな。行こう、あの脇道が廃墟地区につながっている」

その道はメイカテンダー地区をななめに横切り、とりわけ近道となる。一度だけ鋼の兵士の一団に出会ったが、間一髪で家のひとつにかくれ、一戦まじえずにすんだ。

そのあとは、失敗した場合に受けることになる最長老の懲罰を恐れながら、先を急ぐ。瓦礫がそこらじゅうで道をふさいでいたが、歩を速めて進む。障害物を迂回したり、よじのぼったりしていく。いまさらながら、携帯する武器がじゃまとなったが、捨てるわけにもいかなかった。

「もうじきです」と、カルク。その声は震えて、うつろだった。

フルナンが立ちどまった。

「どこだ？」

カルクが嘴で前方をさししめした。

「廃墟地区はあそこで終わります。その向こうが広場になっており、まんなかに建物があります。われわれゲリオクラートの仲間うちでも、その建物については声をひそめます……そこになにがあるのかについては」

フルナンは、この曖昧なほのめかしを聞いて、はげまされるどころではなかった。

「で、サリクがよりによって、あのなかに逃げこんだと思うのかね？」

「かれにはそれしかチャンスはありませんよ、フルナン。確実に死をまねく道を行くよりも、あえて未知の危険に飛びこむはず」

フルナンは歩をゆるめた。

「もう先には行かんぞ」と、きっぱりいう。

カルクは、それ見たことかと立ちどまる。

「では、わたしだけで行きましょう！　あなたが生命のドームへ入るのをあきらめるというならば。わたしは、それはなんとしてもいやですから」

カルクはあとも見ずにまた動きだした。数秒後に、うしろから足音が聞こえ、フルナンが考えなおしたことが知れた。あとをついてきている。

二名はともに廃墟地区の終点に着き、カルクがいった広場のはしに立った。

四角い建物がひとつだけある。とくに高くはなく、また荒れはててもいない。壁面が極彩色にきらめいて、闇のなかでもぼんやり光って見えた。

二名は、倒れた壁のうしろに身をかくした。

「これなのかね？」と、フルナン。

「たしかにこれにちがいありません。どこかにそう書いてありました」

フルナンは目を奪われていた。

「危険なようには見えない。ただ、でかい家というだけだな」

「なかになにがあるか、知っているのですか？」と、カルクが皮肉っぽくいう。

フルナンはそれに答えなかった。広場の左方向に動きを感じ、注意を引きつけられたのだ。ぼんやりとしかとらえられない。闇のなかになにかの影が動いているとしか。

「あそこにだれかいるぞ」と、ささやき、カルクの注意をうながした。「見まちがいではない」

カルクもいわれた方角に目をこらす。

「わたしにも見えましたぞ。三名いました。廃墟から出てきて、あの建物のほうに移動していましたな。だが、サリクたちとすれば、なんで三名なのか？」

「だれかが合流したにちがいあるまい」と、フルナンが推測する。

目標をとらえてから、二名はしだいに目がきくようになった。実際に、それぞれ姿かたちの違う三つの影があった。広場を横切り、きわめて用心深く、極彩色の建物のほうに移動していく。先頭の影はだれのものかわからなかったが、その輪郭からメイカテンダーでも鋼の兵士でもなさそうだ。おそらく、さまざまな種族からなるノゴンの隷属民のひとりだろう。

「二番めはサリクだな」と、フルナンは決めつけ、武器に鉤爪の指をかけた。「まちがいない！　やつは、ノゴンの手下と同盟したのだ」

「ノゴンにはもう従者はいませんぞ」と、カルクが指摘する。

フルナンは武器をおろした。

「距離がありすぎる」と、つぶやく。

カルクも同様に距離をはかった。サリクとその同行者たちが向かっているのは、明らかにあの建物にちがいない。

カルクはフルナンをうながす。

「行きましょう、急いで！　われわれ、反対方向からあの建物に接近するのです。そうすれば、向こうからこちらの姿は見えません。不意打ちできるでしょう」

「かれらのほうが早く着くぞ」

「こちらがぐずぐずしなければ、そうなりません！」

かれらは、急ぎに急いだ。

＊

サリクはだれかに監視されているような気がしていた。周囲を注意深く観察する。とくに、廃墟にかこまれた広場を。だが、なにひとつ怪しいものは見つからなかった。

秘密めいた建物に接近するほどに、よく認識できるようになる。遠くから見たときに思ったよりは、まるで無傷でもないのがわかった。

かつては、よりちいさな建物が周囲をかこんでいたようだが、いまは壁がのこってい
るのみ。その壁も、建物と同様、長い年月のうちに文字どおり塵《ちり》に帰してしまい、建物
の周囲に、くるぶしまで埋まるほど深く積もっていた。いくつかの珊瑚の塊りが、時の
力に浸食されるのをまぬがれている。これがいい掩体となるだろう。
サリクは、建物の一辺がゆうに百メートルと見積もる。高さは二十メートルほど。窓
はない。かれは、第一従者がなにもいわないので、しだいにいらだちはじめていた。
ウェレベルが近づいてくるのを待つ。
「なぜ、そんなにゆっくり歩いている？　恐いのか？」
「恐くない者がいますか？」と、口ごたえしてくる。
サリクはしつこく、問いただす。
「どういうことかね？　そろそろはっきりいってくれ、ウェレベル！　世間のいう危険
は、まだ半分だけしか判明していない。それがわからないのか？」
「声を落としてください！」クセルクスが振りかえって注意しながら、先を歩いていく。
「向こうみずな鋼の兵士がここまで踏みこんでくることもあるし、岩塊の陰にかくれて
いることもあります」
「かれらが襲ってきたらどうするのだ、クセルクス？　身を守る武器もない」
クセルクスは立ちどまった。かれの着衣は革のような素材でできた胴着とズボンだ。

その胴着の前を開き、小型の銃を引っ張りだし、サリクにわたした。

「われわれ、まったく無防備ではないです。それはノゴンの武器庫から失敬しました。特殊な武器ですが、補充弾薬はありません。弾倉に十発、入っています。エネルギー銃ではなくて、爆裂弾です。ですから、弾を節約してください、サリク」

こちらの返事を待たず、クセルクスはまた歩きだしていく。

サリクはその小銃を手にしっかりとにぎった。たとえ、ベルトにはさむ場所があったとしても。そのほうが心強い。

爆裂弾？　手に入れるやり方さえ見つければ、スタルセンにはなんでもあるのだ。

三名は、かつて塀だったらしいが、いまは残骸のみのこっている場所に着いた。極彩色に輝く壁を持つ建物は、その先、五十メートルほどにある。

クセルクスは立ちどまり、前方に注意をこらす。それから、すこし大儀そうに膝をつき、ひときわ大きい珊瑚の塊りのうしろに入りこむと、ふたりを振りかえって、同じように身をかがめろと合図してきた。

「なにか見えたかね？」クセルクスのわきまでくると、サリクが小声で訊いた。

「しかとではありませんが、おそらく鋼の兵士かと。ともかく、建物の右方向の瓦礫のなかで動きがあり、またすぐに消えました。だれかが待ち伏せしているようです」

「われわれを待ち伏せ……？」サリクはいやでもゲリオクラートたちのことを思いだす

が、すぐにその推測を振りはらう。最長老のしもべが自分たちを出しぬくことはできまい。「鋼の兵士だろう。それとわかったら、挨拶がわりに一発おみまいする」

「ですが、その前にかくれてください！」と、クセルクスが注意をうながす。「わたしが、ようすをうかがってきます。なにも聞こえず、エネルギー・ビームも見えなかったら、あとにつづいてきてください。そのときは、わたしの勘違いで、だれもいなかったということです」

サリクはとめようとしたが、クセルクスはすでに動きだしていた。

＊

フルナンとカルクは、サリクとその同盟者二名よりも早く、主建物の周囲をめぐる壁の残骸にたどりついていた。瓦礫のあいだのたいらなくぼみに身をひそめる。

「ここで待ち伏せするとしよう」と、フルナンが提案する。「かれら、もうじきあらわれるはず」

カルクはジェスチャーで賛意をしめし、獲物があらわれるはずの方角を監視する。だが、そのほかのところへの注意はおざなりになった。

そこへ不運にも、鋼の兵士が半ダース、三方からこちらに近づいてきた。音もたてず、背の低さゆえにすぐには発見もされない。

わずか五十メートルの至近距離まできて、とまった。おそらく、なにか相談するためだろう。そのときようやく、カルクはかれらに気づいた。

フルナンを肘で小突く。

「鋼の兵士たちです！　どうしますか？」

フルナンは一考する。六名だけなら、不意打ちでたやすくかたづけられるはず。造作はない。だが、問題は、サリクたちがこちらのかくれ場と、なにより待ち伏せしていることに気がついてしまうことだ。

「やりすごそう」と、フルナン。「おそらく、もう引きあげていくはず。あと一時間ほどで暗黒の時は終わるから」

カルクはもとの方角へ視線をもどし、びくりとした。

こちらへゆっくりと動いてくる影が、はっきり見えたのだ。すくなくとも、体格を見ると、サリクにしては大きすぎる。おそらく、寝がえったノゴンの隷属民だろう。

この男もやはり鋼の兵士たちに気づいているのかどうか、フルナンにはわからない。いずれにせよ、男は必要な警戒をおこたり、防御のかまえもしていなかった。

かれは、このあいだに獲物に気づいた鋼の兵士たちの手にまっすぐ飛びこんでしまい、武器が一発も発砲されることもなく、捕虜となる。

これでサリクは一同盟者を失うことになり、両ゲリオクラートにはよろこばしい。だが、かれらのひそかなよろこびも長くはつづかなかった。

鋼の兵士たちが疑念をいだいたのだ。獲物が仲間も連れずにたった一名で、こんな場所にいるはずがない、と。そして、生きている獲物が多ければ多いほど、鋼の支配者のおぼえもめでたくなるだろう。

かれらは、不運なクセルクスのそばに一兵士を見張りにのこして散開した。

鋼の兵士が二名、ゲリオクラートたちのほうに接近してきて、かくれ場となりそうな場所をしらみつぶしに調べはじめた。

退却するには遅すぎる。フルナンとカルクは、殺傷兵器の安全装置をはずした。ほかに選択の余地はない。あのノゴンの隷属民と同じか、より悲惨な運命におちいりたくなければ。

二条のエネルギー・ビームが鋼の兵士たちをとらえ、即座に殺した。しかし、その射程内にノゴンの隷属民と、それを見張っていた第三の鋼の兵士もいたのだ。かなり距離があったのだが、その二名も同様に不意打ちの犠牲となる。

クセルクスは死んだ。

生きのこった鋼の兵士三名は即座に掩体にとびこみ、こんどは警戒しながら、特別に用心深くこちらに忍びよってくる。

敵がだれであるのか見当をつけているようだ。ゲリオクラートたちに対峙したら、容赦はしないだろう。

＊

大きな建物のすこし先でエネルギー・ビームがはしったとき、サリクは即座に悟った。だれかが……おそらく鋼の兵士たちが……自分の第二従者を見つけて無力化したのだと。クセルクスは武器を携帯していなかったから、かれが発したビームであるはずはない。だが、さらに、あらたな発射音が響いた。ビームの飛びから方向から、明らかに武装した二グループ間の戦闘と知れる。

クセルクスはもどってこない。戦闘に巻きこまれたにちがいなかった。おそらく、殺されただろう。

グループの一方は鋼の兵士たちだが、もう一方は？

「ゲリオクラートたちでしょうか？」と、ウェレベルが小声でたずねた。

サリクも自問してみる。

「その可能性はあるな。かれらは二名だけだが、鋼の兵士はもっと多いはずだ。どちらが勝利したところで同じこと。どちらもわれわれを狙っているのだから」

廃墟地区での戦闘は長くはつづかなかった。サリクはなりゆきを充分に見とどける。これはじまりは、自分から見て左方向からのビームが三条、右方向からは二条だった。これがゲリオクラートたちだろう。

それから、左方からのエネルギー・ビームが二条になり、さらには一条になる。そしてついに、もうビームがはしることはなかった。

右方からの攻撃者二名が生きのこったということ。

まばゆい閃光がおさまったあと、サリクとウェレベルの目がまた闇に慣れるまでしばらくかかった。さしあたり識別できるものは皆無だ。

「問題は、勝者がゲリオクラートたちだったとして」と、サリクが従者にいった。「われわれがここにいることを察知しているかどうかだ」

「ゲリオクラートにちがいないです。かれらと鋼の兵士のほかは武器を持っていませんから。ノゴンのかつての隷属民が……わずかの例外をのぞいて……いま表に出ているはずはありません。この地区ならなおさらです」

「われわれ、ここでただ明るくなるのを待っているわけにもいくまい」

「あなたには武器があります」と、ウェレベル。

サリクは手にしたその武器の重さをたしかめた。それは、火薬によって機能するオートマティック銃といったところか。クセルクスによれば、弾丸が十発こめられているとのこと。その威力はわからない。

ウェレベルは、サリクの疑問を察したようだ。

「ノゴンの傭兵たちはよくそれを使っていましたよ、サリク。奴隷狩りのときなどに。完璧に命中すれば相手はずたずたに引き裂かれますが、地面に着弾すると、それほどダメージはあたえません。爆発力がちいさいからです」

「暗闇だと命中率は低いな」と、サリクは悩ましげだ。「ここに引っこんでいるより、廃墟地区でべつのかくれ場を探したほうがよくはないかね？」

ウェレベルがひどく反対したので、サリクは驚いた。メイカテンダーはこの不気味な建物への恐怖をまったく忘れたかのようだ。またしは、ほかに策がないのかも。

「それは意味がありません！ ゲリオクラートたちは、あらたな深淵年がきて明るくなっても追跡してきて、遅かれ早かれ、われわれを見つけます。あの建物なら、かれらは追ってはこないはず。だれも追ってきません。ただ、どうやってあのなかにこっそり入るか？」

「身をかがめ、這っていくとしよう」と、サリク。「ゲリオクラートたちの居場所はわかるから、反対方向へ行くのだ」

最初はほとんど身をかくせるものがなかった。あちこちに転がっている珊瑚の塊りや、足首に達するほど積もった土埃《つちぼこり》が風に削られてできた溝くらいだ。這っていくなら、サリクのほうが、翼がじゃまになるウェレベルよりは楽だった。

ゲリオクラートたちの姿は見えない。

建物をかこんでいる倒れた壁の残骸に着くと、その向こうには小住宅の廃屋がならんでいた。そこには、かつては見張りが住んでいたのかもしれない。ウェレベルはなんの見当もつかないらしく、ずっと黙りこくっている。

「こいつに入口はあるのか？」建物のカラフルな高い外壁の前でひと息入れたとき、サリクはそうささやいた。「それとも、それもわからないかね？」

返事をする前に、ウェレベルは息をついた。

「ひとつはあるはずです。なぜなら、ここに入った者がいて、だれもふたたび出てきてないという話なのですから。しかし、わたしには信じられません。それに、もうどうでもよくなりました」

「どうして心変わりしたのかね、ウェレベル？　わたしには、わからんが」

メイカテンダーはまたしずかに息をついた。

「なにが待ち受けているかわからないほうが、ゲリオクラートの手にかかって死ぬよりはましです。あるいはもしかしたら、かれらがわれわれを見つけて、生かしておくと思いますか？」

もっともな動機だと、サリクは認めざるをえなかった。自分も同じように考えている……ただ、そこにかなりの好奇心がくわわるのではあるが。ひょっとしたら、この秘密めいた建物に、なにかがかくされているような気がするのだ。かれにとって……のちにはアトランにとっても……この深淵世界を去って慣れ親しんだ宇宙に帰還するための、助けとなるようななにかが。

二名はしばらく休息をとることにした。そのあいだに、サリクは手にしていた武器をしっかりと調べてみた。メカニズムはしごく単純だ。弾倉には、指の長さほどの弾丸がぴったり十発こめられている。弾を装塡し、側面にある安全装置ははずしておく。引き金は人間の指には大きすぎるようだが、あつかえる範囲だ。

「気分はどうかね、ウェレベル？」

「もうよくなりました。さ、入口を探しましょう！」

生きかえったようなウェレベルに、サリクはほっとした。優柔不断な輩《やから》にエンジンがかかったかのようだ。ときとして、恐れや不安が英雄を生む源となることもある……

建物の壁にぴたりと沿いながら、二名はまた這っていった。

6

この暗黒の時ではじめてではない、鋼の兵士たちに対する勝利のあと、両ゲリオクラートは、窪地にかくれてジェン・サリクとメイカテンダーがあらわれるのを待った。

廃墟とのあいだに動くものはなにひとつない。

「あの向こうにいるはずです、フルナン。壁の残骸のあいだのどこかに。もはや逃げられません」

「いずれにせよ、われわれと鋼の兵士らとの戦いに乗じて、こちらの目を盗んだのだろう。われわれ、ここにじっとしていても意味はないぞ」

カルク978はどっしりとした建物のほうへと視線を投げた。

「おそらく、かれらはあそこに入る気ではないかと」

「あの内部にというのかね？」フルナン2317は信じられないようだ。「メイカテンダーは、だれもあそこには入りたがらないはずだが、カルク」

「サリクは違います」と、カルク。「あの男が危険を恐れないことはわかっています。

とりわけ、まだ見ぬ危険なら恐れることはないかと」

「ふむ、それが正解のようだな」と、フルナンは一考する。フルナンはカルクよりも年長であるし、スタルセンの秘密もかれよりずっと知っている。「あそこに入口はひとつだけだ。そこをしっかり見張っておれば、かれらがこっそり建物に忍びこむのは不可能だろう」

「わたしもそう思います」

「では、その入口がどこにあるかわかるかね？」

「いいえ」

「だが、わたしにはわかる。すくなくとも論理的に考えればな。実際に見たことはないのだが、入口を知る者たちが嘘をいっていないならば、それは裏側にある」

だとすれば、またべつの問題があった。自分たちが裏側に行ってしまえば、逃亡者たちがいると思われる場所から完全に目をはなすことになる。その隙にかれらが再度はなれ、廃墟地区に逃げこむ恐れもあった。そうなったら、はじめから捜索しなおさなければならない。

「きみは、ここにいろ」すこしのあいだ意見をかわしたあとで、フルナンがいった。「わたしは入口をこっそり見張りにいく。われわれのどちらかでも、かれらを見つけたら、即座に発砲するのだ。そうすれば、かれらがどこにいるのかわかり、一方が応援に駆けつけられる。どうだね、名案だろう？」

「それしかないかと」と、カルクは短く返事をした。

フルナンは背をまるめてぎこちなく歩きだした。カルクは、その姿がすぐに闇にのみこまれていくのを見送り、あらためてサリクたちがかくれていると思われる場所に意識を集中した。

かれは知らなかったのだが、サリクとウェレベルはこの短いあいだに居場所を変えて、すでに建物の外壁近くに達していた。そして、建物を反対方向にまわりはじめていたのだ。

ゆえに、フルナンとの死をかけた対決は避けられそうもなかった。

＊

サリクとウェレベルは予想外の出来ごとにもあわず、建物の裏側に着いた。さらに這っていきながら、五十メートルほど先に、大きなアーチ門があるのを見つける。扉のない開口部だ。

あれが入口なのか……？

「まちがいありません。入口です」ウェレベルはそういって、それ以上動こうとしない。

サリクも姿勢はそのままだ。

アーチ門の奥は真っ暗ではなかった。建物の内部から弱いグリーンの光が外にまでもれているように見える。これまで耳にしていた悪い噂を思いだし、あらたに思案した。だが、それを振りはらい、ウェレベルをはげます。

「進むのだ、友よ。もはや退路はない」

入口につづく幅ひろい階段が三段あった。サリクは先に立ち、ウェレベルがすぐうしろについてきているか注意をはらう。だが、自分のなかから突然に消えたように思われる勇気を、もしメイカテンダーがいま失ったなら、サリクもまた、この先は這って進むことになるだろう。

ちょうど最後の三段めに足をかけたとき、はるか後方で閃光がひらめき、エネルギー・ビームが死を意味する束となって、サリクのすぐわきの壁に命中。壁がはじけた。

サリクは冷静沈着にうしろに手を伸ばすと、恐怖で硬直しているウェレベルを引っつかみ、入口から建物の内部に跳びこんだ。すぐさま、次のエネルギー・ビームが階段の三段めに当たり、それを溶かした。

ウェレベルはすばやくショックから回復した。

「ゲリオクラートたちです！　ですが、ここまでは追ってこられないでしょう」

「確信は持てんが」と、サリクは息をはずませながら、ウェレベルから手をはなした。

ともかくもメイカテンダーは、あらたな深淵年がはじまる前にゲリオクラートたちがこの建物に踏みこんでくることはなかろうと考えたことで、勇気をとりもどしたようだ。サリクが手をはなすと、ウェレベルは一歩しりぞいて、アーチ門の陰にかくれた。おそるおそる首をのばし、外をのぞき見ている。

間一髪、さっと身を伏せて、あらたなエネルギー・ビームをかわす。ビームはかれをかすめて、内部へと飛んだ。サリクもうまく横に身をかわしてこれを避けた。

「一名だけのようです」と、ウェレベルが推測するが、すぐさま第二のエネルギー・ビームがななめ右方向からもはなたれ、そうではなかったとわかる。

ウェレベルはまたサリクのそばによりそってきた。

「かれらはこちらを追ってきたのだな、ウェレベル。奥に入ろう。内部にかくれ場が見つかるはず。すくなくとも防御に適した場所があるだろう。どのみち、武器もあるし」

サリクはなお疑わしげに、ためすようにその重さをたしかめる。目標を狙うのは、エネルギー・ビームよりも弾丸を使うほうがむずかしい。「われわれを倒すのは楽ではないぞ」

奥へとつづくひろい通廊は、外壁よりも老朽化が進んでいる。しかし、グリーンの蛍光を発するライトがいたるところにあって、まわりじゅうから照らされているようだ。近くのようすを見るには充分な明るさだった。しかし、遠くのほうはグリーンにかすんで、かつて海にもぐったときの記憶をサリクに思いださせた。

かれらは先へと急いだ。くりかえし振りかえってみるが、追跡者の気配は皆無だ。

通廊は大きな円形の広間へとつづいていた。その天井は屋根までとどくほど高い。向かい側に出口らしきものは見あたらない。見たところ、ここへはこちら側からしか出入りできないようだ。

背後で物音が聞こえた。かなり遠くからの足音だ。

ゲリオクラートたちだ!

罠にはまったのかもしれないとサリクは驚き、右方向に移動して、追跡者たちからはグリーンの霞のなかのおぼろな影しか見えないようにする。ウェレベルも即座にそれにならった。まさに、間一髪のところで。

二条の収束エネルギーがふたりをかすめ、広間の反対側のグリーンの薄明かりのなかに吸いこまれた。

サリクはわずかに身を乗りだすと、通廊のほうを見わたした。はるか向こうだが、たしかにこの建物のなか、ひろい通路のところにすばやく動く影があった。サリクは小銃をにぎった腕をのばし、発砲する。

追跡者がいると思われる場所に爆発が起こった。たいした威力はなかったが、はげしい爆発音をともなう。あらたなエネルギー・ビームの応射があった。

サリクは狙いをつけずに、さらに三度ほど敵に向けて撃つ。

残弾はあと六つだ。

「先に進まなければ、ウェレベル。ここにいたら、罠に落ちたようなもの。広間のまんなかになにがある？　穴のようなものが見えるが、この建物に地下室があるのかね？」

ウェレベルがふいに全身を震わせだした。背中の翼がだらりと垂れさがる。

「ただの地下室ではありません……いまわかりました」と、おびえ声でささやく。「噂は嘘いつわりでも、まったくの憶測でもなかった。本当にあったのだ……」

「なにがあるというのだ？」サリクは従者をせきたてた。ヒントすら知らない秘密に、とうとう触れるときがきたのか。「ずっと恐ろしい危険があるといっていたな。だれがここに入るのをいやがると。だが、わたしに見えるのは穴だけだ」

ウェレベルは傍目《はため》にも、勇気を奮い起こそうとしている。

「きてください！」と、意を決したようだ。「ただし、通廊のほうから見えないように片側によってください。敵はまだずっと向こうにいます」

大きく迂回して、二名は穴に近づいていった。その穴は地下にまっすぐ伸びる円形のシャフトで、壁面には、かれらのすぐそばからせん階段のようなものが下方へとつづいていた。

「盲目の隠者たちの洞窟です！」あらためてぞっとしたような声をウェレベルは発した。

「われわれ、破滅してしまいます！」

「ここにいても、破滅はまぬがれん」サリクはそういって、ウェレベルに近づき、強い意志をしめす。「ゲリオクラートたちは、われわれに無慈悲だ。だが、ひょっとしたら、その……なんといった？　盲目の隠者たち？　それは何者だ？」

「だれも知りません。かれらに出会った者は、みな死ぬのです。だれもこの洞窟からもどってはきませんでした。洞窟は、スタルセンじゅうの地下深くに伸びているそうです」

メイカテンダーの恐怖のわけをサリクは理解した。どのような危険がその地下で待っているのかは、さしあたり謎のままであるが。それに対し、いま迫っているゲリオクラートたちの危険についてはよくわかっている。こっちのほうが重要というもの。

「われわれ、リスクをとらなければならんな、ウェレベル。だが、ゲリオクラートたちを近づけてはならない。ひょっとしたら、うまく撃ちとれるかもしれん」

シャフトの壁をめぐって地下につづいている階段は、一段がとてもひろくて高さもないので、斜路といってもよさそうな構造だった。さらに、金属の手すりもついていた。

サリクは全身がかくれるまで、シャフト内におりた。ウェレベルもぴったりとかれによりそう。

かれらは待った。

「さ、行こう、カルク。見たとおり、かれらは原始的な武器しか持っておらん。鋼の兵士が好んで使うみたいなもの。命中率は低い」

「われわれ、いままでそれを相手にしてきたのですよ」と、カルクはフルナンに指摘する。「前方になにがあるのです？　知っているなら、早く教えてください」

＊

「盲目の隠者たちの洞窟だ！」

カルクは驚きのあまり、武器を落としそうになる。

「なんとおっしゃった？　洞窟ですと？　かれらを追ってそこまで行くなんて、正気ですか？　噂によれば……」

「噂はどこにでもある」と、フルナンがさえぎった。「生命のドームのことを考えろ、カルク！　もし、われわれがサリクをつかまえられなかったら……」

「わかりました、わかりました！　ほかに選択肢はありません！　お先にどうぞ！」

フルナンはあからさまに不満げにうなると、通廊の壁にぴたりとよりそうようにして動きだした。ほかに身を守れるものもなかったのだ。

洞窟への入口がある円形広間に近づくほどに、グリーンの光源が強くなってきた。フルナンは、カルクに告げた以上のことを知っているらしい。すでに一度ここにきたことがあるようだ。

通廊の終点で、フルナンは少し立ちどまり、カルクが隣りにくるまで待った。

「広間には、洞窟へおりる道しか出口がない。かれらの姿がどこにもないところを見ると、死が確実に待っている道を選ぶほど、頭がおかしくなったということだな」

カルクは応えなかった。黙って広間の中央を見つめている。そこから、斜路のはしがグリーンの明かりに照らされて見えた。

フルナンが銃を発射した。

エネルギー・ビームが手すりの上方に当たって閃光があがり、一瞬で引っこんだサリクの頭部を照らしだした。

ビームを受けた手すりの一部が溶け落ちて、ぐにゃりと変形する。その背後のグリーンに輝く広間の壁が、灼熱のエネルギー・ビームをゲリオクラートのほうへはねかえしてきた。かれらは何度かべつの方向に逃げるはめになったが、ビームは広間の高い天井のほうへ散っていき、被害はなかった。

銃声が響いた。フルナンのすぐわきを弾丸がかすめ、はるか後方の通廊で炸裂し、壁から破片が周囲に飛びちる。

「まだ抵抗できるとみえますね」と、カルクは不愉快そうだ。

「長くはもつまい。じきに弾切れになるはず」

かれらは次の行動を決められないまま、そこにとどまった。通廊にはさしたる掩体もなかったが、撤退する気もない。

一種の膠着《こうちゃく》状態だ。両者とも敵の次の出方を待つほかなかった。

7

階級闘技に敗北したオル・オン・ノゴンは半時間のあいだ、要塞屋敷の屋上のスタルセン供給機の上にいた。そこからなら、もっとも視界がきくからだ。

第二階級市民に降格したノゴンにはもう、その屋敷や千名の隷属民たちに対するなんの権限もなかった。これまで誠実に義務をはたしてきた相手であるゲリオクラートたちは、いまは呵責《かしゃく》なき敵となっている。それがスタルセンの掟だ。この瞬間、かれはその掟を呪った。掟はかれにはなんの利益ももたらさず、のこったのは不利益ばかり。

おそらくは、死を意味するほどの不利益だ。

しかし、ノゴンはそれにあらがうつもりだった。あの階級闘技は不当なもの。ゲリオクラートたちが恩知らずだということが証明された。これよりは、かれらに対して、可能なかぎりの手段でもって戦おう。これまで虐げてきたメイカテンダーたちでさえ、たのみとなるかもしれない。とにかく試みなければ。

暗黒の時はちょうどはじまったばかりだったが、かれの特別に鋭い目は闇のなかでもよく見え、周囲で起こっていることを見逃さなかった。

三百メートルほどはなれた場所に、ジェン・サリクとの闘技を自分に命じたフルナン2317とカルク978の両ゲリオクラートを発見。二名はある扉の陰にかくれて、サリクとその従者のメイカテンダーのようすをうかがっている。

その刹那、ゲリオクラートたちは、かれらの存在に気づいていなかった相手に向かって発砲しはじめた。攻撃された両者はすぐに身をかくし、ノゴンもかれらを見失う。

ゲリオクラートたちは即座に追跡を開始した。

かれらは、あの高地からきた異人をどうするつもりなのか？

これまでの経緯すべてがはっきりとしめしていた。異人たちを危険視しているのだ。あの男はスタルセン全体にとって危険ということ。その危険は、かれ、つまりノゴンに手ひどく降りかかった。かれらが異人を捕らえるか、または殺すなら、ノゴン自身にもまさしく妥当な結果だ。

しかし、自分自身のこれからの運命はどうなるのか？

第二階級市民のままか？　いっそフルダーウォル地区にもどり、種族のもとで暮らすか？

いや、絶対にそんなことはしない！

この屋敷にとどまって、必要とあらばおのれのみで、隷属民もいないまま、身を守ろう。武器はたっぷりある。だが、武器庫があるのは屋敷の地下深くの密閉された空間だ。そこへの出入りは、特別に信頼できる隷属民たちにしか許していなかったが……

……特別に信頼できる隷属民だと？

かれらは、いまもそうだろうか？

ノゴンの全身にショックがはしり、ゆったりしたコンビネーションを着用した巨体ががたがたと震えだした。その体軀から想像できないほどの動きで、光を失った供給機から跳びおり、屋敷内へのドアへ駆けていく。居室に向かうにはリフトがあるが、武器庫へは階段で行くしかない。

ノゴンはまず、自分の居室や傭兵たちの宿営を調べてまわる。

傭兵たちは、いつも気弱にいちばん奥のすみに引っこんでいるわずかな連中をのぞき、みな姿を消していた。もはや、かれらをたのみにはできないと知る。

ノゴンは傭兵たちの不実なふるまいを口ぎたなくののしり、武器をそろえに階段をおりていった。

これまで屋敷の地下へ行ったことはなかった。武器庫に責任のある隷属民たちを、無条件で信頼していたからだ……わずか一時間ほど前までは。

武器庫の中央入口に近づいたとき、悪い予感でいっぱいになった。そして、そこに着いたとき、もっとも恐れていたことが目の前にひろがっていた。

中央入口がこじ開けられている。

興奮といいあらわせない怒りに打ち震えながら、最初の部屋に踏みこんだ。通常なら、あらゆる種類のエネルギー兵器が整然とならんで出番を待っているはず。

武器棚はからっぽだった。まるごと略奪されている。小型ブラスターがいくつかのこっているだけだ。威力も弱く、射程も短いものばかり。

ノゴンは先へと急いだ。だが、どこも最初の部屋と変わりなかった。

重要な武器類はすべてなくなっている。のこっている武器は、もしも本当に攻撃された場合……相手がだれであろうと……屋敷の防衛にはほとんど役だたないものばかりだった。

ノゴンは急いで最初の武器庫で護身用の軽火器をかきあつめ、階段の下までかついでいった。そこで荷をおろし、ひと息つく。肉体労働は、かれの柄《がら》ではないのだ。

そのとき、物音がした。足音のようだ。

ノゴンは小型ブラスターを手にとり、エネルギーがフルなのをたしかめ、安全装置をはずして待った。足音は地下設備のべつの方向から近づいてくる。食糧保存庫のほうから。

人工照明の薄明かりで、一傭兵だとわかる。いっぱいに膨《ふく》らんだ袋をかついで階段のほうに歩いてくる。

その二足歩行の男を、怒りにまかせて警告せずに射殺したいという衝動を、なんとかおさえた。盗みを働いた隷属民は……たとえいまはそうでなくとも……死をもって償う。これまでつねにそうであった。それが掟だ。

だが、その掟はいまも当てはまるのか？

その傭兵がわずか数メートルのところまできたとき、ノゴンは呼びかけ、袋をおろすよう命じた。男は死ぬほど驚いて、かついでいた袋を落とした。缶詰類と凝縮口糧のパックがノゴンの足もとまで転がってくる。ノゴンはさげすむようにそれを蹴とばし、

「おまえだったのか！　名前をいえ！」

「エリデ人のハデルです、ご主人」

不運な男は全身を震わせ、口がきけるのが不思議なくらいだった。ゆっくりとひざまずき、死を覚悟したようだ。

しかし、ノゴンは考えを変えた。このエリデ人の男は、要塞を防衛するにはたいして役にたつまいが、荷役くらいならまだ使い道はあるはず。

「立つのだ！」と、ノゴンは命じた。「食糧をひろって、袋にもどせ。これらの武器類も、一挺をのぞいて袋に入れろ。それから、リフトまで先に立って歩け」

ハデルは殺されずにすむと悟るまで数秒かかったが、大急ぎで自分の盗品をかきあつめ、袋にもどした。いわれたとおり、小型ブラスター数挺もそこに入れる。それを肩に

かつぐと、ノゴンにあわれっぽい目を向け、リフトのほうに動きだす。

ノゴンはそのうしろから、射撃準備のできた武器をかまえてついていった。

屋上に着くと、要塞の周辺には見わたせるかぎり、まるで人影がないのを確認した。広場にも通りにも、だれもいない。それから、ハデルのほうへ向きなおり、

「ほかの隷属民たちは、どこへ逃げていったのか？」

エリデ人の男はとまどったようなしぐさで袋をおろした。

「わかりません。みんな鋼の兵士たちよりゲリオクラートのほうがもっと恐いようで、クモの子を散らすように逃げていきました」

「それで、おまえは？ なぜのこっていた？」

ハデルは困ったように、袋のほうを指さした。

「要塞を出たとして、飢えるのが恐ろしかったのです」

「じきにもっと恐ろしいことになるぞ。もしも、ここが攻撃されることになったらな。やつらがこのわたしを捕らえにくるはずだ。だが、そうかんたんにはつかまらん」

「ゲリオクラートがですか……？」

「もしかしたらな。だが、鋼の兵士たちのほうがまず先だろう」

ハデルは再度ショックを受けた。ほかの仲間と違って、ゲリオクラートより鋼の兵士のほうが恐いようだ。あらためて、いっぱいに膨れた食糧の袋を見おろしている。

ノゴンにはその考えが手にとるようにわかる。

「そうなったら身を守れるか、ハデル？」

「あなたのために戦います、ご主人。あなたはわたしを生かしてくれました。ですから、あなたのために戦います。あなたの傭兵ですから」

「よろしい、ハデル。では、われわれ、準備にかかろう」

かれらは、袋から武器をとりだし、屋上の胸壁に沿って、どの方向から攻められても応戦できるように配置した。攻撃は一方向からとはかぎらない。

ノゴンは広場を見おろせる側にもどる。そこからは視界がきくからだ。ハデルは通りを監視できる反対側に陣どった。

長く待つ必要はなかった。

恐れたとおり、鋼の兵士たちが向かいのグレイの家並みのうしろから飛びだし、いくつかのグループをつくって、要塞の方向へつづく広場を横切ってきた。かれらの目的と意図は明らかだ。

ノゴンはハデルに警告すると、ただちに犬ほどの大きさのアリ兵士たちの一グループに向けて撃った。敵はただちに、それよりも強力な武器で応射してくる。ノゴンはやむをえず掩体に引っこむ。

それでも、攻撃者数名を倒したのを確認した。

胸壁のあちこちから身を乗りだし、散発的にエネルギー・ビームをみまっては、引っこんで射撃位置を変えた。ハデルは自分の場所に陣どって、気丈に応戦している。そうするしかないからだ。鋼の兵士たちが要塞に侵入し、屋上に殺到してくれば、容赦しないだろう。

ノゴンがいま一度、胸壁から首を伸ばし、敵を探したとき、もうその姿はなかった。鋼の兵士たちが消えている。だが、身を乗りだして真下にある要塞の正面入口を見おろすと、敵はそこにいた。

ノゴンは両手に武器をにぎり、敵に向けて撃つと、すぐさま胸壁の陰に引っこむ。そのあいだ、下では敵が強力なエネルギー・ビームで鉄の扉を溶かしにかかっていた。

ノゴンはハデルに呼びかけた。

「やつら、要塞内に侵入するぞ！　猶予はない。じきに屋上への入口にあらわれる。そこで集中砲火を浴びせれば、撃退できるかもしれん」

「ここには掩体がありません」ハデルは一考したのち、スタルセン供給機をさししめし、

「あれのほかは……」

「とんでもない！　あれがビームを食らったら、一大事だぞ！」

いまではもうどうでもいいのに、と、ハデルは思うが、沈黙する。

ふたりはまだ機能する武器を集めると、屋上入口の両側に陣どり、待った。

鋼の兵士たちは、ノゴンが屋上にいることを知っていたので、要塞の内部を捜索して時間をむだにすることはなかった。数名はリフトを使うが、ぜんぶは入りきれないので、のこりは屋上につづくひろい階段を駆けあがっていく。

先遣隊はすでに上に着いて、最後の障害物である屋上への入口を破壊しにかかる。重い金属扉の枠が溶かされ、はずれて引っくりかえった。

銃をかまえて屋上へ殺到した鋼の兵士たちが、ノゴンとハデルの十字砲火を浴びる。だが、この奇襲はわずか数秒しかつづかなかった。二名は敵の半数はかたづけたが、銃のエネルギーが切れたのだ。まだ使える武器は、もはや手のとどかないところにある。

数ダースもの鋼の兵士が屋上入口からあふれでてくるのを、二名は茫然と見ているほかはなかった。兵士たちは、探していたノゴンとその傭兵がなすすべなく屋上に立っているのを見つけ、武装解除させる。

一名の兵士が武器をあげ、ハデルを射殺した。

それからノゴンに向きなおり、捕らえた。メイカテンダー地区のかつての統治者は、いまとなっては意味のないことと悟るしかなかったが、それでも全力であらがう。ところが、かれらは即座にノゴンを殺そうとはしなかった。

生かしておくつもりのようだ。

だれの指示か。理由は？

かれらは強力な鉤爪でノゴンをしっかりとつかまえた。

一兵士がノゴンの間近にきて、じっと見つめる。にらまれると、ノゴンは頭が溶けてしまいそうになり、からだがもとのかたちを失うようにさえ感じた。

ノゴンは自分が理性をなくしたのだと思った。相手のアリの頭がべつのものに変わり……ヒューマノイドの頭部と顔になったのだ。

スタルセンの市民ならだれもが知っているヒューマノイドの顔に。

ノゴンは鋼の支配者の顔を見て、死ぬほど驚愕した。

しかし、それは一瞬のことで、相手の頭部はふたたび鋼の兵士のものへと変わった。

兵士たちはさらに強くノゴンをつかまえ、未知のはかりしれない運命へと引きたてていった。

どれくらいたったのかと、ジェン・サリクは思った。だが、まだ十分ほどしか過ぎていないのはわかっている。注意深く首を伸ばし、手すりの下から通廊のほうをうかがった。

8

両ゲリオクラートのぼんやりした輪郭が見えた。

こんどばかりは、狙いをはずすまい。できれば一撃で両名を倒そうと決意し、シャフトの縁から銃身を出して狙いをつける。ぼんやりとした光に浮かびあがった通廊の床の、ある一点……敵二名のちょうどまんなかの場所に。

引き金を引く途中で、敵の応射がサリクをみまった。頭をかすめただけだったが、手にした武器に命中する。赤熱《せきねつ》した武器が手からもぎとられ、完全に変形して広間の壁にぶつかった。それが落下する前に、残弾に引火して爆発が起こり、細かい破片が雨あられと四方に飛びちる。サリクとウェレベルに破片が当たらなかったのは、ただの偶然にすぎない。

武器も失い、のこる決断はひとつのみとなる。

「おりるぞ、洞窟へ！」と、どなり、ためらっているウェレベルの翼を乱暴につかんだ。

「下へだ！　さもないと、あと数秒でおだぶつだぞ！」

それで、メイカテンダーは目がさめたようだ。サリクよりも急いで、あとも見ずに斜路をおりはじめた。

サリクも全力で走り、ウェレベルのあとにつづく。頭上にゲリオクラートたちのあざける笑い声が響いた。だが、あえておりてくる勇気はないらしい。逃亡者に向かって何発か撃ってきたが、なんということもなかった。

サリクとウェレベルは斜路の終点までくると立ちどまり、いくらか暗めのグリーンの薄明かりに目がなじむのを待った。

そこは巨大な洞窟ホールだった。その大きさははかりしれず、まるで果てがないように見える。

＊

数分かかって、ようやく目が慣れた。

洞窟ホールは際限なくひろいわけでもなかった。

霧のようにかすむグリーンの光に惑わされただけのこと。直径は五十メートルほどで、どうやら分岐点のようなところらしい。人の背丈ほどのトンネルがすくなくとも二ダース、のびているから。ここからあらゆる方角に行けるようだ。

スタルセンの町には、実際、地下道が張りめぐらされているらしい。

サリクは斜路の終点にもどって、耳をすました。上方からは物音ひとつしない。ゲリオクラートたちは、おそらく立ち去ったのだろう。追いつめたと確信していた獲物をとり逃がしたのだ。

サリクはウェレベルのところへ行った。友は恐怖で震え、その場を動こうとしない。

「重大な選択だ、友よ。上にもどりたくなければ、ここにじっとしているわけにはいかない。どの道を選んだらいいと思う？」

メイカテンダーはすぐには答えなかった。黙って、たくさんあるトンネルのひとつひとつにゆっくりと目を向ける。それから、ついにささやいた。

「わたしは、この先に行きたくありません、サリク。一度トンネルへ入ったら、二度ともどってこられませんから」

「どのみち、もどれないのだ。上のスタルセンでは確実な死が待っている。だが、下のここではなにが待ち受けているかわからない。もしかすると救いがあるかも。だれにもわかりはしない」

そのとき、サリクははじめて気がついた。洞窟ホールの壁面が、なにもないむきだしのままではなく、グリーンの蛍光をはなつ蔓植物でびっしりとおおわれているのだ。その植物がなければ、ここは真っ暗闇のはず。

おそらく寄生植物だろうが、どこから養分や水分を得ているのかわからない。光合成ができる光もない。それなのに、この植物たちはみずから発光している。

「なにもかもが恐ろしいです」と、ウェレベルが泣き言をいった。

よかれあしかれ、そのとおりだとサリクも思う。目の前に敵がいないのはたしかだが、残念ながら自分たちが武器ひとつ持たず、どんな危険にも無防備なのは事実だ。

この瞬間、ウェレベルがまったくたよりにならないことを、サリクは認識しはじめた。それでも、唯一の従者を置き去りにしていきたくはない。

「われわれ、ひとまずここで待つことにしよう」と、サリクは決める。「すぐに飢えも渇きもすまい。新しい深淵年がはじまれば、すこしはチャンスもひろがるだろう」

ウェレベルは安堵をかくせないようだ。不安による震えもおさまった。

「飢えも渇きも、この地下でわれわれを待ちかまえている不気味なものよりはましです。ここからなら、まだ上へ逃げることもできます。でも、この先にあるのは……」

そこでウェレベルはふいに黙り、聞き耳をたてた。

サリクも遠くで物音がしたような気がした。地下トンネル群の入口のひとつからのもののようだ。耳をそばだてたが、しずまりかえっている。

ふたたび物音が聞こえとき、耳を疑った。まるでだれかが大儀そうに足を引きずって、トンネルのひとつからこちらに向かってくるようだった。

足を引きずる音は近づいてくる。

「だれかきます」と、ウェレベルがささやき、また震えはじめた。「どうしますか？」

「待つのだ！」サリクも同じくささやきで答える。

どのトンネルから聞こえるのか耳をすますが、入口はぴったりとならんでいるうえ、ここからゆうに五十メートルははなれている。

また、まったく聞こえなくなった。まるで、足音の主が歩き疲れたか、ひどいけがをしているかで、ひと息入れてあらたな力をたくわえているかのようだ。

サリクとウェレベルは、植物が這っている壁にかまわず背中を押しつけた。ほんのわずかな掩体だが、すぐには見つかるまい。

そのだれかは……あるいは、なにかは……また動きはじめた。引きずるような足音が、前よりもはっきりと聞こえるようになった。ゆっくりと近づいてくる。

いまやサリクは、どのトンネルから相手が出てくるか、聞き分けられたと思った。そこから目をはなさずにいるが、どう対処すべきかはまだわからない。それは、相手と出会ったとき、はじめて決められることだから。

やがて、洞窟ホールから数メートルはなれたところの一トンネルの薄明かりのなかに、だれかのぼんやりした輪郭が見えた。その者はよろめいて、いまにも壁にもたれかかりそうだが、そのままこちらに近づいてくる。サリクは啞然として息をのんだ。

＊

トンネルからよろめきでて、洞窟ホールの壁によりかかったのは、人間の男だったのだ。あるいは、すくなくともヒューマノイドだった。

見るもあわれな印象で、サリクは即座に同情の念をおぼえたもの。だが、生来の慎重さで、その印象に惑わされることなく未知者を観察する。

男は重い荷物を背負って歩いているかのように、ひどく大儀そうだ。両腕をうしろにのばして壁によりかかるさまは、まるでスローモーションを見るような気がした。

サリクとウェレベルがかくれているほうを、じっと見つめている。

自分たちがいるのを知っているのだろうか。

そのことに対するサリクの最後の疑いは、男がやっとの思いでよろめきながら動きだし、洞窟ホールを横切ってまっすぐこちらに向かってきたときに消えた。

そこでサリクは、行動すると決める。

ウェレベルにはげますようにうなずいてみせると、未知者に向かって歩きだした。メイカテンダーはしぶしぶあとについてきた。

相手の容姿がよくわかるようになった。背丈はサリクとほぼ同じ。腰布を一枚巻きつけているだけで、あとは裸だ。顔一面にくっきりとしわが刻まれていて、そのほかのからだの部分を見ても、かなりの高齢であることが察せられる。サリクは思わず、突然に生命を吹きこまれた石像を連想した。

未知の老人は目もほとんど不自由なようで、立っているのも大儀そうだ。こわばった口もとをひくつかせる。だが、目には生気がもどったように見えた。ゆっくりと回復しはじめたかのように。

老人は視線を落とし、サリクの胸もとを凝視した。そこにはコンビネーションの下にかくれた細胞活性装置がある、と、サリクは瞬時に察する。

この謎めいた老人は、どうしてそれがわかったのか？

「わたしはジェン・サリク、深淵の騎士です」

相手は大儀そうにうなずく。話そうとするが、不明瞭なしわがれ声しか出ない。聞きとれたのは、次のひと言だけだった。

「待ってくれないか！」

待つとは？　なにを？

サリクは老人にジェスチャーで、洞窟ホールの乾いた地面に腰をおろすようすすめた。

だが、相手は身ぶりでノーと返し、依然としてサリクの胸もとを凝視している。一度だけウェレベルを見たが、すぐさま視線がもとにもどる。

ふたたび話しはじめたときには、前よりも声がはっきりしてきた。相いかわらず大儀そうで、希望の持てない話し方ではあるが。

「わたしはジョルストアだ……すくなくとも、以前はそうだった。申しわけないが、すべて教えてくれるとありがたい。あそこにいるのはだれかね？」

「ウェレベルです。メイカテンダー種族で、わたしの同盟者です」

再度、かなり長い沈黙があった。しだいにはっきりわかってきたのだが、ジョルストアは、細胞活性装置からサリクにもどってくる生命エネルギーの一部を摂取しているらしい。または、活性装置がみずから、かれにエネルギーをうつしているのかもしれない。

老人の顔のしわは硬直して石のようだったのに、話しだしたときには、明らかに動くようになってきた。

「わたしはジョルストア」と、くりかえす。「コスモクラートの使者だ。あれから数千年という月日が流れたにちがいない……」

「数千年……！」サリクは口ごもった。深淵税関吏がいっていたことを思いだしたのだ。

「そう、数千年だ」と、ジョルストアはつづけた。「わたしの記憶はすっかり薄れてしまった。からだが石化するほどに、ますます記憶が消えていく。ふたつが同時に進むのだ。生けるしかばね……それがまさに、ぴったりの表現だな」

サリクの口のはしには百もの問いがのぼったが、相手に返す言葉はない。ジョルストアにもそれがわかるらしく、ほほえみかけようとつとめている。

「きみの細胞活性装置がわたしの助けとなったのだ。どれほどもつかはわからないが。わたしは活性装置が近くにあるのを感じて、数千年もの長きにわたる薄明のごとき眠りから目ざめた。装置が力をあたえてくれて、自分のいた洞窟を出ることができ、ここへと導かれたのだよ。どうか辛抱してくれ、サリク。わたしにできるかぎり、きみの問いには答えるから」

ウェレベルはすっかり安心したようだ。すこしはなれた地面に、やっとの思いですわりこんだ。ここには慣れ親しんだ止まり木がないから。

「あなたがスタルセンにきてから、どのようなことがあったのですか？　あなたの身になにが起こったのです？」知りたい気持ちをがまんしきれず、サリクは問いかけた。

「スタルセンに着いたとたん、コスモクラートの使者であるわたしは容赦なく追跡された」と、ジョルストア。「当時はわけがわからなかったが、あとになって謎が解けた。ゲリオクラートたちが友愛団と手を組み、わたしを追跡して殺害しようとしたのだ」

「かれらは、わたしの敵でもあります」と、サリクは小声で告げた。

ジョルストアは大儀そうにうなずく。

「それと気づいたときは、引きかえすには遅すぎた。いずれにせよ、試みてもむだだったろう。深淵穴は深淵への入口となるだけで、深淵から去ることはできない。一方通行なのだ」

ジョルストアはまたひと息ついた。ここまでは、なにも新しい情報はない。だが、かれの話はまだ終わらないようだ。

「わたしは、ようやく突きとめた。ゲリオクラートの最高権力者である最長老も、友愛団の支配者も、変節した時空エンジニアだったのだ。かれらが、どうやっても深淵から出ることを不可能にしたにちがいない。その目的は、コスモクラートに反旗を翻すこと。かれらは、当初の忠誠心も使命も忘れてしまっている……自由意志でそうなったかどうかは、わからないがな」

こんどはかなり長い間がつづいた。三名の息づかいだけが聞こえる。サリクはなかば石になった男を観察して、悟った。これ以上、かれの状態が改善する見込みはない。反対に、しだいに弱っていくように見える。

「盲目の隠者たちから身を守るのだ」と、老人はようやくささやいた。「かれらは変節者の側に立ち、そのために戦っているからだ」

サリクは秘密めいた隠者のことをぜひとも知りたいが、相手の衰弱が早まるのを恐れて、口をはさむのをひかえる。ジョルストアの顔のしわがまた硬直しはじめ、動かなくなった。石化のプロセスがはじまったのだ。サリクの背筋に冷たいものがはしった。

「わたしの逃げ道は、結局スタルセン地下の洞窟迷路しかなかった。スタルセンにもどれるならば、すべてを投げだしてもいいと思ったが、うまくいかなかった」息をするにも痛みを感じるようで、つらそうだ。苦しげに、ほとんど聞きとれない言葉をやっと吐きだす。「コスモクラートたちはあざむかれ、裏切られたのだよ、サリク。きみはわたしより運がいいかもしれん。わたしがきみに成功への道をしめすことはできないが」

「あなたになにが起きたのです？」サリクはもう黙っていられず、問いかけた。この不幸な老人には明らかに最期が近づいている。「危険への心がまえをするために、聞かせてください」

ジョルストアが合図をし、サリクはかれを介助してすわらせた。

「わたしは、自分の身になにが起こったのかも、なぜそうなったのかもわからなかった。呵責なき追跡者に追われて、トンネルからトンネルへと逃げまわったのだ。そのたびに逃げおおせたが、しだいにからだは弱っていく。とうとうだれも追ってこないちいさな洞窟にかくれることができ、岩壁に生えている植物を食べ、水も見つけたが、それで救われはしなかった。わたしはしだいに石化しはじめ、皮膚はかたい革のようになって、意識もなくした。それから数千年も過ぎてしまったのだ」

ジョルストアは興奮しすぎたように見えた。しばらく瞑目して、やっとまた目を開けたときには、その目に薄い膜がかかっていた。

失明したのだ。

「なにかわれわれにできることは？」と、サリクは胸が詰まって問いかけた。

「もうだれにも助けられない」と、ジョルストアは弱々しく答えた。よく聞きとろうと、サリクはかれのほうに身をかがめた。「きみの細胞活性装置があってもな。それによってわたしが目ざめたのは、きみに助言するため……そして、あらためて死を迎えるためにすぎない。なぜなら、石になって眠ることは、死とまったく変わらないからだ」

ジョルストアはあおむけに横たわると、見えない目を洞窟ホールの天井に向けた。もはやこときれたかとサリクは恐れたが、ジョルストアは若葉を揺らす春の風のようにそっと、もう一度ささやいた。

「ほかにもうひとりいるのだ、サリク！　その男を探すがいい。この地下迷路のどこかにいるはずだ！　細胞活性装置の光につねにしたがえば、誤ることはない。光にしたがえ。そうすれば、かれに会えるだろう……」

サリクはとほうにくれて、血《ち》の気《け》が失せた老人の唇を見つめた。それがふいに動かなくなる。ジョルストアは目を開けたままだったが、ついに白い膜がその目をおおってしまった。

コスモクラートの使者は死んだ。

サリクは、じっと動かずにすわっているウェレベルに目を向けて、

「かれは死んだ。また、われわれだけになったな、ウェレベル」

メイカテンダーはまるで夢からさめたように、言葉を発した。

「われわれ、これまでもそうでしたよ、サリク。これからどうするので？」

「かれの話をきいたはずだ。われわれ、もうひとりの男を探さなければならん。おそらく、もうひとりのコスモクラートの使者、ロスター・ロスターのことだろう。何千年もこの地下世界にいるのだから、かれもまた、ジョルストアと同じ運命にみまわれているかもしれない。はたして見つけられるかはわからないが」

「きっと無理です」と、ウェレベル。

サリクはいった。

「あきらめて、ここにじっとしていても、行方不明者を探しても、同じこと。ただ、ジョルストアがいった、細胞活性装置の光にしたがえという言葉が気になる。わたしの活性装置は光を発しないのだが」

ここでウェレベルが唐突に話題を変えた。

「わたしは空腹で喉が渇きました、サリク。ここには、スタルセン供給機などないでしょうね」

サリクは空腹も渇きも忘れていた。それを思いださせたメイカテンダーに礼をいうつ

はあるか？

もりはない。しかし、ジョルストアも栄養補給ができたのだ。自分たちにできないはず

「ここでうろうろしていても、飲み食いにはありつけないぞ。ならば先に進むしかない。問題は、どの道を選ぶかだな。ジョルストアが出てきたトンネルはどうだ？」

「わかりません」ウェレベルは気が進まないようだ。

サリクにはわかっていた。自分たちがいるのは、スタルセンの地下に張りめぐらされた本来の迷路につづくただの前室にすぎない、と。ここからなら、まだ都市に引きかえすこともできよう。しかし、サリクはそんな試みをするつもりはなかった。ジョルストアの最期の言葉は、ないがしろにできない遺言のようなもの……自分とウェレベルにどんな危険が待ち受けていようと。

ゲリオクラートと友愛団のいまの支配者がかつての時空エンジニアであったことには驚愕した。だれがそのような〝変節〟をうながしたのか。その謎を解こうと、サリクはむなしく思いをめぐらせる。かつての同盟者たちが、呵責なき敵になるとは。

なぜか？　その背後にだれがいるのか、または、なにがあるのか？

テングリ・レトス＝テラクドシャンの顔が浮かんで、サリクははっとした。いまは鋼の支配者と呼ばれているらしい男の顔だ。もしや、あれは本当にレトス……？

いや、考えられない。しかし、あの顔つきからすれば、まちがいなかった。

「われわれ、ジョルストアがきたのとはべつの道を行くぞ」そういって、サリクはようやく腰をあげた。「かれのような運命にあわないという希望はわずかしかないが、ここで無為に座しているのはさらに無意味だ。その重い腰をあげろ、ウェレベル。われわれ、これまで運がよかった。これからもそうでないわけがないだろう？」

ふたりは死んで石化したジョルストアのわきを通り、洞窟ホールを横切って、壁の蔓植物がぼんやりしたグリーンの光をはなっているトンネルに入る。

きっとなんとかなるという期待にあふれ、未知の世界に踏みこんでいった……

あとがきにかえて

天沼春樹

ここ数年、我が家では第二次猫ブームである。といっても、猫好きは、私と長男だけである。ほかの家族は、猫に対してはいわばニュートラルで、猫グッズとかをみつけて喜んだり、集めたりしない。道ばたでかれらと出会っても、「あ、猫だ！」と口にだしたりしない。もちろん、スマホで写真を撮ろうともしない。みだりにエサなどもやらない。私と息子はその全部をやる。それでも、一度も飼ったことがないし、飼おうとしても反対されるにきまっているから、無用なあらそいはさけている。専守防衛。意味がちがうか？

思えば、最初に刊行した猫小説が『水に棲む猫』（パロル舎）で、それが一九九六年。翌年に続編の『猫町∞』が同社から出てからは、その三作目には構想はあったけれど、なかなか手がつけられずにいた。

私の若いころの猫好きは、もっぱらそのミステリアスな習性に心をひかれていたようにも思える。しかし、猫への思いや表現は屈折していて、たとえば内田百閒先生の『ノラや』のような溺愛（?）でもなければ、ポオの『黒猫』のような怪奇趣味でもなかった。いわばつかみがたい「現実」の象徴として、猫を追いかける小説を書きつづけていたようだ。

　既刊の二作は、愛猫家の顰蹙をかうような物語で、とくに『水に棲む猫』は、一九六四年の春から秋にかけて、少年たちが猫をとらえては、川にほうりこむ儀式を熱心にくりかえす話だった。よく読んでいただければ、そうではないのだけれど、ある読者からは「この作家は猫に恨みでもあるのだろうか」とコメントされてもいる。いやいやそんなことはない。昭和三十九年、東京オリンピックがせまり、大人たちが様々な関連事業に熱中しているかげで、少年たちは猫たちとの秘密の関係をそんな儀式であらわそうとしていたのだ。かなり屈折したわかりづらい物語ではある。

　小説として書いたのだけれど、翌年の日本児童文芸家協会賞を受賞してしまい、そのために児童文学のカテゴリーで先入観をもたれて読まれてしまったような気もしている。子どもたちが出てくるからといっても、たとえばゴールディングの『蠅の王』のようにあつかってほしかった。大それているけれど、本気だった。

　で、本作につづく、『猫町∞』のほうがさらにエスカレートしていて、三味線の胴皮としての猫皮をめあてに、夜の町で猫狩りをする業者の物語だった。これにはモデルがあって、実際に関西から大挙して都内で野良猫狩りをしていた皮革業者が、警察に検挙されたという新聞記事がもとになっている。物語のキモは、その猫狩り業務に携わっていた青年が、深夜の町で道に迷い、その迷路のような町で、愛猫家の不思議な女の家にころがりこみ、猫の町にとりこまれてしまうという話だった。この二連作は、めでたく出版とあいなったが、そのあたりで本郷二丁目にあった版元が経営破綻し、そこから初期の絵本や小説をつづけざまにだしていた自分としては、落胆このうえなかったが、その奇特な社主や編集者諸氏には感謝しており、もらいそびれた印税のかわりに自著をダンボール箱にして数個分いただいてお終いということになった。

その前後だったろうか、懇意にしていた池田香代子さんの推薦で、早川書房に呼んでいただき、今は亡き松谷健二先生の面通しを受け（御挨拶しただけですが）、ペリー・ローダン翻訳者として参加させていただいた経緯があった。

で、話は猫文学のこと。ここしばらく、精神的にひきこもりがちで、学会はもとより、様々な会からぬけたり、遠ざかったりして、講義のない時間は、もっぱら大部な翻訳仕事をつづけてきていたけれど、実は四年前に某社から『くらやみざか　闇の絵巻』という幻想小説を上梓したあたりから、なんと三匹目（？）の「猫小説」がモゾモゾ動きだし、青年のころから書きつづけていた猫をめぐる小説の三作目を書きだしていた。

ところが、構想はあったものの、平成に年号が変わったころから、もうひとつのライフワークである飛行船に関わる事業に参画し、ドイツのツェッペリン飛行船会社を訪ねたり、全国の小学校で飛行船教室という環境教室の講師として子どもたちに夢を語ったりして、思いもしない多忙な日々がはじまった。ひきこもって、書斎で夢想に耽っているほうが性にあっていると思っていた自分が、白衣を着て飛行船博士として小学校の体育館でラジコン飛行船をとばしたりしていたのだ。私を飛行船研究家としてリスペクトしてくれるたくさんの友人たちや関係会社の助けがあったからだけれど、日本の津々浦々とまではいかないが、ほとんどの県を訪ねてまわった。その「飛行船教室」のおかげで、沖縄にも北海道にも行けた。あのころ、体育館でラジコン飛行船に歓声をあげていた子どもたちは、もう立派な成人になったろう。まあ、こちらも年をくったわけだが、年号も令和となり、月日の流れをつくづく感じる。そして近頃の世間にあわせたわけでもなく、私に第二次猫ブームが到来したというわけだ。話が長い。

多摩湖畔の山王峯という丘陵地帯にある我が家に、頻繁に猫たちが訪れるようになったのだ。最初は近隣の豪邸に棲む飼い猫たちが、長男の部屋の縁先にたびたび訪ねてきて、昼寝をしたり、おやつを食べていったりするようになったのがきっかけだった。去年生まれたばかりらしい若い猫などは、息子の部屋のなかまで入ってきて、息子といっしょに昼寝をしたり遊んだりしていく。朝もはやくから、縁側に来て、「あけて、あけて」といわんばかりに網戸をこすってアピールする。私に似て友だちのすくない理系男子の息子は、すっかりその新しいオトモダチが気に入って、膝にのせたり、いっしょにスマホで写真を撮ったり、まるで飼い猫のような日々をおくっていた。ところが、数か月後、その若い猫がプッツリと来なくなってしまった。来るのは、その母親猫と兄弟猫たちで、かれらは縁先でおやつをもらうくらいのものだった。

私は「きっと異人さんに連れられて行っちゃったんだよ」と、冗談めかしたが、おそらく他家にもらわれていったのだろう。あんなに仲良しだったのに、ふいにいなくなると、息子も私も、「猫ロス」症状がおきてしまいそうだった。

そんなおり、またふいに、今度は野良というか地域猫というのか、若い猫が縁側に姿をみせるようになった。野良だというのは、その挙動でわかる。人間に馴れていなくて、決して至近距離には近づいてこない。じっとこちらのようすをうかがっていて、猫のエサをお皿にだしてやり、部屋の奥にひっこむと、ひょいと縁側にとびあがってきて、オドオドしながら、大急ぎで食べる。食べるあいまに、また、ひょいとこちらのようすをうかがう。

「エサまでサービスしてるのだから、いじめやしないよ！」

こっちの気持ちはあまりつたわらないが、とにかくこの家では食いものにありつけると思って、毎日のように顔をだし、庭先で首をのばしてこちらのようすをうかがっていたりする。息子が、エサだけでなく、水飲み用の深皿を用意してやると、食後にペチャペチャ飲んだりもするようになった。ただし、あんまり近づくと、ビクンとして庭先にとびおりて、逃げはしないがようすをうかがっている。こちらが、奥にひっこむと、また縁側にとびあがってきて、カリカリ、ピチャピチャがはじまるのだ。

「野良はなかなか人に馴れませんよ。警戒心がつよくてね」とは、猫にくわしい知人の説だ。なるほど、まだ一歳すこしの若い猫だが、ここまで育つにはいろいろ経験したものとみえる。どうやら、近くにある西武遊園地の駅あたりにうろついている野良の子どもらしい。

「小動物にエサをやらないでください」との貼り紙が駅舎の壁にある。ということは、猫たちにエサをあげる人がすくなからずいるということだ。早朝や夕方に、三匹の子猫が、改札の近くで物欲しげに鳴いているのをみかけたことがある。園内でもお客さんから、食べ物をもらう猫もいるはずだ。我が家に来る猫も、そんな野良の一匹がはるばる遠征してきているのかもしれない。

息子は、この夏から自立して吉祥寺に住み、都内の会社でプログラマーの仕事をはじめた。土日には実家に戻ってくるが、帰宅すると、まっさきに自室の縁先に行って、そのシマ猫が来ているかようすを見にいく。猫のあつかいは、私なんかよりうまくて、微妙な距離感を心得ているようだ。仕事が終わると、LINEで「今日は、にゃんこ、来ていた？」と、消息をたずねてくる。しょうがないから、エサを食べに来たときの写メを送ってやることにしている。「水は頻繁にとりかえて」と、指示してくることもある。やれやれ、三十過ぎのセガレと猫通信というわけだが、三人いる子どものなかで、オヤジに頻繁に連絡してくるのは、この長男だけだ。

そんな折も折、私の猫小説の三作目『猫迷宮』の上巻が書きあがった。本郷二丁目の小出版社の編集者だった男が、またぞろ怪しげな猫たちがうろつく、猫の迷路に踏みこんでいってしまう。それだけでは、ちょっとなにいってんだかわからないだろうけれど、ともかく猫の幻影に翻弄される男の物語はつづいていたのだ。第二作『猫町∞』の十年後という設定だ。これから下巻に入るところだけれど、この春、自分の持病である瀰漫《びまん》性汎細気管支炎が再発して、夏休みまでがつらい日々だったので、あまり根を詰めないようにしてはいるが、物語のほうが私を呼んでいるのだ（これ一度いってみたかったのです）。

その『猫迷宮』上巻の話の流れでも、主人公の「私」は猫の幻影に翻弄されつづけている。いや、次々に出会う女たちが、まるで猫のようなミステリアスなふるまいをする。そして、ちょっとエロチックである。つまりは、つかまえようとすると、スルリと身をかわして手の届かぬ距離へ離れていってしまうようだ。それでも、前の二作のころよりは、私も大人になっていて、そんな猫たちとのつきあいかたを学んだような気がしている。つまりは、ほどよい距離をたもち、深追いはせぬこと……。いったい、なんの話であるやらだが。

彷徨《さまよ》える艦隊

旗艦ドーントレス

The Lost Fleet: Dauntless

ジャック・キャンベル

月岡小穂訳

救命ポッドの冷凍睡眠から目覚めたギアリー大佐は愕然とした。なんと百年がたっていたのだ。しかも軍略に秀でた英雄にまつりあげられている始末。そんな彼に与えられた任務は、敵の本拠星系に攻めこんだものの大敗し満身創痍となった艦隊を、司令長官として無事に故郷へと連れ戻すことだった！　解説／鷹見一幸

ハヤカワ文庫

危険なヴィジョン〔完全版〕1

Dangerous Visions

ハーラン・エリスン編

伊藤典夫・他訳

〔ヒューゴー賞受賞〕アメリカSF界最高のカリスマ作家エリスンが、既存の英米SF界に一石を投じるべく企画・編集し、全作品に自ら序文を付した計三三篇収録の伝説的巨大アンソロジーがついに刊行！　本書はアシモフのまえがきとエリスンの序文をはじめとする〝危険なヴィジョン〟八篇を収録。解説／高橋良平

ハヤカワ文庫

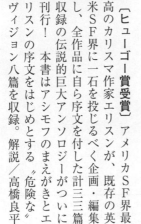

訳者略歴　中央大学大学院博士課程修了，中央大学文学部講師　著書『くらやみざか　闇の絵巻』他　訳書『炎の管理者』エーヴェルス＆ヴィンター（早川書房刊），『列車はこの闇をぬけて』ラインハルト他多数

HM=Hayakawa Mystery
SF=Science Fiction
JA=Japanese Author
NV=Novel
NF=Nonfiction
FT=Fantasy

宇宙英雄ローダン・シリーズ〈603〉

階《かい》級《きゅう》闘《とう》技《ぎ》

〈SF2252〉

二〇一九年十月二十日　印刷
二〇一九年十月二十五日　発行

（定価はカバーに表示してあります）

著者　トーマス・ツィーグラー　クラーク・ダールトン
訳者　天《あま》沼《ぬま》春《はる》樹《き》
発行者　早川浩
発行所　株式会社早川書房
郵便番号　一〇一 - 〇〇四六
東京都千代田区神田多町二ノ二
電話　〇三 - 三二五二 - 三一一一
振替　〇〇一六〇 - 三 - 四七七九九
https://www.hayakawa-online.co.jp

乱丁・落丁本は小社制作部宛お送り下さい。
送料小社負担にてお取りかえいたします。

印刷・信毎書籍印刷株式会社　製本・株式会社川島製本所
Printed and bound in Japan
ISBN978-4-15-012252-2 C0197